《百家字谜》编辑委员会

主　编：苏剑

编　委：武骝、蔡芳、黄全来、熊辉、苏颖、顾斌、王刚

● 学生灯谜读物 ●
百家字谜·第一辑

武 骝
字谜300

武 骝/著

中州古籍出版社
·郑州·

图书在版编目(CIP)数据

武骝字谜300 / 武骝著. —郑州:中州古籍出版社,2021.3

(百家字谜.第一辑)

ISBN 978-7-5348-9549-4

Ⅰ.①武… Ⅱ.①武… Ⅲ.①谜语-汇编-中国 Ⅳ.① I277.8

中国版本图书馆CIP数据核字(2021)第015698号

出 版 社:中州古籍出版社
(地址:河南省郑州市郑东新区祥盛街27号6层 邮政编码:450016)
发行单位:新华书店
承印单位:陕西隆昌印刷有限公司
开　　本:889mm×1194mm　　1/48
总 印 张:28
总 字 数:600千字
版　　次:2021年3月第1版
印　　次:2021年3月第1次印刷

总定价:120.00元(全套10册)
本书如有印装质量问题,由承印厂负责调换

作者简介

武骝,当代灯谜艺术家、作曲家、书法家。中国民间文艺家协会会员,中国职工灯谜协会副会长,中华灯谜学术委员会常委、竞赛部部长,江苏省灯谜学术委员会主任。连云港市灯谜学术委员会会长,连云港市职工灯谜协会会长。中国长安文虎社谜艺总监、艺术顾问,《春风谜社》《春来谜社》顾问,温州、雄安、保定、常州、南通、平望等灯谜协会谜艺导师、顾问。《中国灯谜》副总编辑,《中国字谜大全》编委,《中国灯谜库》分类主编,《苍梧谜苑》主编,《中华科普气象灯谜》执行主编。

1986年至今创作灯谜作品逾6万则,先后获全国性谜赛创作猜射奖项300余次。1999年获"全国一字谜王"称号,作品荣登20世纪百佳谜作;作品入选"老百姓最喜爱的谜语100条"。2000年获"华东谜王""独角虎谜星"称号;2000年获"大众乐谜王"称号;2001年、2002年、2007年分获中华灯谜"灯谜明星""灯谜之星""中国灯谜百强"称号;2002年获"花色谜大师"称号。第一、二、三、四、六、七届"雁云灯谜作品奖"得主。2018年第六届中华灯谜"金虎奖"得主。2011年第十三届"沈志谦文虎奖"得主。2002年和2020年分获连云港市政府首届"文学艺术成就奖"和"德艺双馨艺术家"称号。

2013年、2016年、2019年度中华灯谜"金虎奖"评委,2017年度"雁云灯谜作品奖"评委。应邀出任新加坡、上海等国内外大型灯谜赛事评委50余次。出版有《虎须一绺》《成语灯谜大典》《武骝灯谜作品集》等灯谜专著。

序 言

苏 剑

汉字是中国文化标志性的符号，是记录汉语语言的文字，距今已有六千年左右的历史。汉字集音、形、义于一体，以其独特的美感和魅力卓立于世界各民族文字之林。古往今来，人们融合运用汉字音、形、义的灵性和特质，以特殊的思维方式诠释汉字、演绎汉字，创造出灯谜这种独特的中华民族传统文化形式。

灯谜题材包罗万象，无所不及，而所有灯谜都含有字谜的元素，可以说都是构建在字谜基础之上的。字谜在灯谜的"大家族"中虽形微体小，却是人们公认的"万谜之源"。字谜是最简易的灯谜，也是最灵活的灯谜要素，是学习猜制灯谜的基础。兹长安文虎社编纂出版《百家字谜》丛书，也是为发扬传承中华传统优秀文化而做的一件大有裨益的普及性事情。

20世纪80年代以来，是灯谜创作最为

活跃的时期,字谜创作也空前繁荣,尤其是字谜创作的手法有了开拓性的发展,表现形式更加多姿多彩,字谜作品数量亦蔚为大观。《百家字谜》丛书第一辑就是这个时期字谜艺术的结晶,是世纪之交海内外字谜创作的缩影,基本上代表了当代字谜创作的领先水平,反映出当代字谜创作的整体概貌。

《百家字谜》丛书是系统介绍当代灯谜名家字谜精品的系列丛书,"百家"入选者均为当代在字谜创作方面有突出成就或字谜艺术精湛的谜家。《百家字谜》丛书第一辑,共选编了10位谜家的字谜作品,可谓"臻臻至至,洋洋洒洒"。首批入选的10位谜家中,有已故灯谜泰斗柯国臻、字谜专家黄穆灿、台湾名宿吴学平,有德艺双馨的老一辈著名谜家郑百川、汪寿林,有承前启后的灯谜名家武骝、蔡芳等,也有近几年在字谜创作方面成绩显著的苏剑、章镳、熊辉等人。他们的字谜作品自成风格,各具特色,或古朴典雅,或清新自然,或白描写意,或灵巧奇趣,呈现出"百花齐放"的字谜艺术图景。

翻开《百家字谜》丛书,弘扬主旋律、突出正能量的灯谜作品俯拾皆是。例如:"织杼半融读书声(字)纾""教育后辈当尽孝(字)辙""寸土不丢保村庄(字)床""异地犹存故国心(字)域"以及"点滴改革见成果(字)单""和田名品,中国声誉(字)玉",还有"四风之中奢为先(字)爽""为政不为民,民弃速罢之(字)整""奉献点点滴滴,赢得无上荣光(字)桃"等;再如:"半掩浣花子美居(字)蒲""阳春晚景四方同,泊堤鹊影处处见(字)日",等等。这些大手笔表现出了多样化的字谜之美。这些汉字和字谜的完美结合,让人感受到其无穷的艺术魅力。细细品读,在字形上能引起人们美妙而大胆的联想;在字音上能激发人们的兴趣,引起人们的共鸣;在字义上能增强或激发人们热爱中华民族文化的情感。汉字是字谜之源,字谜为汉字平添了新的文化内涵,丰富了汉字的艺术空间。

《百家字谜》丛书定位为普及型读物,可作为开展校园灯谜活动的读本,供中小学生和青少年爱好者学习猜制字谜借鉴之用。这套丛书,每个单行本由"作品精选"与"作品赏析"两部分组成。"作品精选"部分,选谜难易兼顾,雅俗共赏,每条谜都作了简注、解析,适合中小学生无障碍阅读。"作品赏析"部分,选取20—30条字谜代表作,邀请名家撰写评析短文,解读精华,激活亮点,启迪创作思路,有助于字谜猜制的普及和提高。

吾爱谜数年,又喜字谜创作,此次跻身其中,汗颜不已,自当是近距离学习前辈灯谜艺术造诣的绝佳良机,不敢懈怠。惟愿方家和读者打开《百家字谜》丛书这扇览胜之窗,尽情欣赏一窗美景、四面青山。纷呈的字谜精品,炼意传神,曲尽其妙,让你应接不暇;精妙的字谜赏析,酣畅淋漓,旨趣所归,让你品味称奇。步入这方园地,受各种典型谜法的浸濡熏陶,会让你起点更高、起步更实、起飞更快。《百家字谜》,带你跨进奇异的灯谜世界。

是为序。

2019年5月于西安白桦林居

目　录

作品精选

少笔画字 ································· 003

5 画字 ··································· 011

6 画字 ··································· 014

7 画字 ··································· 018

8 画字 ··································· 026

9 画字 ··································· 035

10 画字 ·································· 042

11 画字 ·································· 049

12 画字 ·································· 055

13 画字 ·································· 059

14 画字 ·································· 062

15 画字 ·································· 063

多笔画字 ································· 064

作品赏析

终生念伊减姿容(少笔画字)—…卢志文/赏析　071

个别人倒下,是为大多人(少笔画字)—

…………………………………………李明会/赏析　072

溪头茅舍下,有内人相伴,此生满足矣(少笔画字)

—　…………………………………蔡建荣/赏析　073

舍空人迹叶翻飞(少笔画字)—…顾为善/赏析　074

塘前水月几多清(少笔画字)—…蔡　芳/赏析　075

值此回戈收故国(少笔画字)—…陈　斌/赏析　077

披肩长发蝴蝶结(少笔画字)飞…邓凤鸣/赏析　078

十载念书苦,直上金榜题(少笔画字)口

…………………………………………杨耀学/赏析　079

"偶尔露峥嵘"(少笔画字)山……陈春祥/赏析　080

写人加了引号,表示话中有话(少笔画字)火

…………………………………………邱茂文/赏析　082

片片玫瑰复焦桐(少笔画字)今…汪德亨/赏析　083

星临万户出门肴(少笔画字)方　莫志刚/赏析　084

一言诀别人当去,敢将此头作倒悬(少笔画字)互

…………………………………………赵首成/赏析　086

早先失利之后,拱手割让香港(6画字)汜

…………………………………………许友金/赏析　087

| 新月挂桅舟自横（6画字）迁 …… 甘当牛／赏析 088
| 一介书生字子安（7画字）牢 …… 蔡秋湖／赏析 089
| "知我者，二三子"（7画字）吾 …… 章健儿／赏析 090
| 三起三落不为己，清正务实领头行（8画字）定
| ……………………………………叶国泉／赏析 091
| 乃秋讯初临，声在树间（9画字）诱
| ……………………………………邱茂文／赏析 093
| 人生抱负点滴始（10画字）资 …方炳良／赏析 094
| 巧改公文送出关（10画字）逡 …赵首成／赏析 096
| 西服一穿有朝气（11画字）乾 …杨耀学／赏析 100
| 四风之中奢为先（11画字）爽 …顾 斌／赏析 101
| 先绘三角形，再画正方形（11画字）缁
| ……………………………………丁 昇／赏析 102
| 云端错落生山杏（12画字）嵖 …董书祥／赏析 103
| 多少相思旧梦中（12画字）壹 …佚 名／赏析 104
| 二丫撇下弟弟，村头摆起家家（12画字）粥
| ……………………………………徐卫锋／赏析 105
| 此招一出手，高低显然见（13画字）照
| ……………………………………缪建金／赏析 106
| 呼之食，唤之乘，欲见青天却遮颜（14画字）酺
| ……………………………………王幼堂／赏析 107
| 廿载方续月下情（14画字）懂 …蔡经湘／赏析 108

湘女泪落竹斑斑（15画字）篸 …吴融杭/赏析 109

全须人参、茅根、商陆、一扫光（多笔画字）璃

················申立峰/赏析 110

为政不为民，民弃速罢之（多笔画字）整

················陈雪江/赏析 111

不负皇诏令，征东口衔枚（多笔画字）整

················顾为善/赏析 113

教育后辈当尽孝（多笔画字）辙…杨耀学/赏析 114

道折绝壁上，莲叠三界中（多笔画字）疆

················莫志刚/赏析 115

后　记 ················ 119

作品精选

少笔画字

闻声听犹疑,查看杳无迹(少笔画字)　　一
注:前句提音,后句消减。"查"字去掉
　　"杳"(无踪迹),余下底字"一"。

困难之中多体贴(少笔画字)　　一
注:"困难"中间取"木亻",拼为"休",
　　合底"一"成"体"。

宁弃乌纱不上钩(少笔画字)　　一
注:"宁"丢弃"宀"(象形乌纱帽)和"亅"
　　得底。

舍空人迹叶翻飞(少笔画字)　　一
注:"舍"空去"人",再去"古"("叶"
　　翻),余"一"。

山西毕业去东瀛(少笔画字)　　一
注:山西简称"晋",东瀛指日本。"晋"消
　　除"业"和"日"得底。毕,消减词。

终生念伊减姿容(少笔画字)一

终生念伊减姿容（少笔画字） 一
注：方位、读音、象形三重扣底。

个别人倒下，是为大多人（少笔画字） 一
注：双扣。"个"别去"人"得"丨"，倒下
　　为"一"；"大"多了"人"（即应把"大"
　　中的"人"去掉）也得"一"。

自小人拔尖，到大顶着天（少笔画字） 一
注：假设双扣法。"一"为母字，添加"小
　　人"得"尖"，添加"大"得"天"。

凭借几千人，占土自称王（少笔画字） 一
注：假设双扣法。"一"为母字，添加"几
　　千人"得"凭"，添加"土"得"王"。

溪头茅舍下，有内人相伴，此生满足也
（少笔画字） 一
注：假设法。"氵"（"溪"头）、"艹"（"茅"
　　舍下）、"内人"与底字"一"合为"满"。

值此回戈收故国（少笔画字）　　　　　一
注："一、回、戈"，三合一得繁体字
　　　"國"。故国，别解为"旧时的国字"。

改革分明多胆识（少笔画字）　　　　　一
注："明"字分写为"日月"，再变化方位，
　　　增加底字"一"，得"胆"。

执手别离拭泪珠（少笔画字）　　　　　九
注："执"离开"扌"和"丶"（象形泪珠）
　　　余"九"。

丈夫生有四方志（少笔画字）　　　　　力
注：面为宋·刘过《多景楼醉歌》句。底字
　　　"力"与"田"（四方）合起来为"男"
　　　（大丈夫）。

多住一会难得来（少笔画字）　　　　　又
注："住"加入"一"为"佳"，与底字"又"
　　　聚合，得"难"。

十载念书苦,直上金榜题(少笔画字)　口
注:假设双扣法。"口"为母字。添加"十艹(念)"而成"苦";添加"丨"(直)为"中",意为"金榜题名"。

偶尔露峥嵘(少笔画字)　　　　　　山
注:现代诗句。包含法。偶,双数。两个"山"含在"峥嵘"里。

一去二三里(少笔画字)　　　　　　与
注:面为宋·邵雍《山村咏怀》诗句。二三合为5(象形"与"),"一"字入里,得底。

是非之地不可留(少笔画字)　　　　也
注:"地"减去"是非"(+-)得"也"。

一生节省为念书(少笔画字)　　　　卫
注:"节"省去"艹"(念)余"卩",与"一"合为"卫"。

层云散尽露残月（少笔画字）　　　　　　　尸
注：双扣法。"层"散去"云"得"尸"，"残
　　月"也为"尸"。

务听清，先安全后生产，不安全不生产
（少笔画字）　　　　　　　　　　　　　兀
注："兀"音同"务"。"先安全后生产"消掉"安
　　全生产"余"先后"，方位得底。

法官审案，廉洁高效放在前（少笔画字）丸
注："法官审案廉洁高效放"九字在前的笔
　　画均为点，故以"九点"扣"丸"。

几多叮咛珠泪滚（少笔画字）　　　　　　冗
注："多叮咛"扣出"冖"，去掉"丶"（珠
　　泪滚）余"冖"，与"几"合为底字。

始乱之，终弃之（少笔画字）　　　　　　升
注："乱"始与"弃"终，合成"升"。之，
　　作抱合用。

片片玫瑰覆焦桐（少笔画字）　　　　　　今
注：焦桐，琴名。"玫瑰"两字的半片"王
　　王"和底字"今"合成"琴"。

转身小心，安全为先（少笔画字）　　　以
注："小"心部转身，与"安全"二字开始
　　部分"、人"组合得"以"。

空中一顶球进了（少笔画字）　　　　　六
注："八"（"空"中）"一""、"（象形球）
　　组合成底。

大写的人，闪光的心（少笔画字）　　　闩
注：叫入叫出法。底分为"一""门"两部
　　分。"一"写上"人"为"大"，"闪"
　　去"人"得"门"。

翻转涛声如号声（少笔画字）　　　　　片
注："涛"声母为 T，"号"声母为 h，两个
　　字母翻转变化后组合成底字。

思母泪珠连成线（少笔画字）　　　　　　　母

注："母"中两点（泪珠）连成一撇。

一言诀别人当去，敢将此头作倒悬（少笔画字）　　　　　　　　　　　　　　互

注：将"诀"字的"言"（讠）与"人"去掉余"工"，另将"工"倒悬为"⊤"，二者合起来为底字"互"。

乘除少个小数点（少笔画字）　　　　　　文

注：×（乘）÷（除）少个"、"（小数点）便可组合成"文"。

只要开口，全力以赴（少笔画字）　　　办

注："只"除去"口"，添上"力"，得底字"办"。

后生晋见孔夫子（少笔画字）　　　　　　斤

注：孔夫子，名丘。后"生"为"一"，加底字"斤"即"丘"。

5画字

云开三光露（5画字） 弁

注：三光者，日月星，也指佛顶的金光、佛光、灵光。"云开"两字除去"三"合为"弁"。

百善孝为先（5画字） 平

注：取"百善孝"先写部分合成底字。

闲来出门遛个弯（5画字） 札

注："闲"字出去"门"为"木"，"遛个弯"象形为"乚"。

一靠枕头就看书（5画字） 本

注：离合提义法。"一"添加"木"（"枕"头）为"本"，书本意。

剪发之前先洗头（5画字） 汉

注："发"除去前部得"又"，"洗"字之头为"氵"，组合得底。

为吏横行便不仁（5画字）　　　　　　　　　史
注：双扣法。"吏"除去"一"（横）得
　　"史"，"便"除去"仁"也得"史"。

难免以后生是非（5画字）　　　　　　　　　圣
注："难"除去后部得"又"，添加"十一（是
　　非）"得底。

一山转向插斜道（5画字）　　　　　　　　　归
注："一""山"转向，再插入"丿"（斜
　　道），即为"归"。

双方结伴赴老区（5画字）　　　　　　　　　叵
注："叵"为母字。"叵"与"口口"（双方）
　　结合成"區"，即"区"的繁体字。

白头倚杖候门生（5画字）　　　　　　　　　们
注："白"头取"丿"，"杖"形扣"丨"。

破格引进保全局（5画字）　　　　　　　　　句
注：破缺左边的方格和"句"结合，得"局"。

偏偏高手在台上（5画字）　　　　　　　仫
注："亻"（偏偏）、"丿"（高手）、"厶"（台
　　上）合成底字。

自始至终要用心（5画字）　　　　　　　生
注："自"之始和"用"之心组成"牛"，"牛"
　　与"一"（"至"终）合成底字。

人一堕落终成囚（5画字）　　　　　　　丙
注："丙"为母字。其中"人一"落下成"囚"
　　字。

"一介书生，达人知命"（5画字）　　　　叩
注：面为王勃《滕王阁序》中二句。底为母
　　字。添加"一人"即为"命"。

火灾不留情，一定要小心（5画字）　　　宁
注：前句扣"宀"，后句扣"丁"。

白首逢知己，村头来相见（5画字）　　　目
注："目"为母字。加"丿"（"白"头）成

"自",即知为"己"也;"目"加"木"
("村"头)得"相"。

太原开出,直达二连(5画字)　　　　　半
注:太原,简称"并"。把"并"字中的"开"
　　出掉,与"丨"(直)、"二"合成"半"。

酷似印把子,挺像官肚子。最后才看
清,一个空台子(5画字)　　　　　　凸
注:"印把子""官肚子""空台子"均象形
　　"凸"。

6画字

加重负担(6画字)　　　　　　　　　扣
注:负号为"一",重负扣"二",与底字
　　合为"担"。

阶前依稀月(6画字)　　　　　　　　那
注:"那"字左边依稀如"月"。

"四五蟾兔缺"（6画字）　　　　　　　　芎
注：蟾兔，指代月，"月"缺损为"弓"。四
　　个五为二十，指代"艹"。

一件西装配领结（6画字）　　　　　　　纤
注："一"与"件"西部的"亻"装在一起
　　成"千"；配上"结"字领先部位"纟"
　　即为底字。

六盘水中映月镰（6画字）　　　　　　　亦
注："水"中扣"丿"，"丿"象形"月镰"。
　　盘，抱合词。

西江十月共潮生（6画字）　　　　　　　早
注："早"为母字。与"氵"（西"江"）、"十
　　月"合为"潮"。

时光一日去不还（6画字）　　　　　　　过
注："时"光一"日"，为"寸"；去了"不"
　　的"还"字余"辶"。

模特台上方成星（6画字）　　　　　　　　　吓
注：模特台为T形。"、"象形"星"。

五更斜月挂城头（6画字）　　　　　　　　　考
注："考"下部像"5"，故以"五更（更新）"
　　相扣。"斜月"象形扣"丿"。

四方相聚上元节（6画字）　　　　　　　　　西
注："元"上部节去得"兀"，加"口"（四
　　方）得底。

如玉新蟾恰似镰（6画字）　　　　　　　　　压
注：新蟾，一弯新月，象形"丿"。

大事化小事没了（6画字）　　　　　　　　　买
注："事"与"事没了"自行抵消，余下"大
　　化小"扣"买"。

只因无力母受侮（6画字）　　　　　　　　　伤
注："伤"为母字。去"力"加"母"得"侮"。

新月挂桅舟自横（6画字）　　　　　　迁
注：小舟、新月、桅杆分别象形"辶丿丨"，
　　横，指"一"。

一生容人，方为境界（6画字）　　　　因
注："一"字容到"人"字中为"大"；方，
　　方形（囗）。

污水莫沾大盖帽（6画字）　　　　　　夸
注：污水莫沾为"亏"；"盖帽"指示方位，
　　表示"大"字在底字的顶部。

三更出诊去同里（6画字）　　　　　　讷
注："三"更（变更）扣"彡"，"诊"出走
　　"彡"余"认"；去除"同"里的"口"
　　余"冂"。

眼开缘睡起，春色润无声（6画字）　　争
注：眼开，意为"睁"；春色为"青"，与
　　"争"合成"静"（无声）。

闭嘴吧，吹得四方人跑光啦（6画字）　　色
注："闭嘴吧"扣"巴"；"吹"减除"口（四方）、人"得"⺈"。

"惟以心相交，方成其久远"（6画字）　　亘
注：习近平在首尔大学的演讲中引用的古句。"忄、亘"合为"恒"，意为久远。

早先失利之后，拱手割让香港（6画字）　　氾
注："早"先为"日"，失"利"之后为"禾"，"拱手割"得"共"。与底字合为"香港"。

7画字

一介书生字子安（7画字）　　牢
注：王勃《滕王阁序》自称一介书生。"牢"为母字，分上下两部分：下部"牛"与"一"可合为"生"，上部"宀"安上"子"为"字"。

剑锋走偏处（7画字） 钊
注："剑""锋"二字的偏旁为"刂、钅"。

六根清净心思了（7画字） 亩
注："六"根部清净得"亠"，"心思了"得"田"，合为"亩"。

"知我者，二三子"（7画字） 吾
注：面为辛弃疾《贺新郎》句。"我""吾"意同。二三子，会意"五口"。

僻里横竿垂钓钩（7画字） 局
注："僻"里为"启"，"横竿垂钓钩"象形"丁"。

星孤山远两隔开（7画字） 弃
注："星孤"象形扣"丶"，"山远"象形扣"厶"，再与隔离两处的"开"组成"弃"。

改造七古赋新体（7画字） 乱
注："七古"二字改造更新得"乱"字。

为官南下会元结（7画字） 完
注："官"卸下南部，余"宀"。结，抱合字。

上台要稳别着急（7画字） 私
注：上"台"为"厶"，"稳"别着"急"得
"禾"。

同甘共苦心贴心（7画字） 志
注："甘苦"之心为"一十"，合为"士"，
贴上"心"为"志"。

宿舍在南校在西（7画字） 宋
注："宿"舍去南部余"宀"，"校"的西部
为"木"。

墙头结子一枝斜（7画字） 孝
注：墙头为"土"，一枝斜为"丿"，与"子"
字组合得到谜底。

"一遇浮丘断不还"（7画字） 近
注：面出李白《凤吹笙曲》句。"丘"无"一"

为"斤","还"断"不"余"辶"。

驱马行向天尽头（7画字） 奁
注："驱马行"为"区","天"消去头部得
　　"大"。

褪却衣衫露红颜（7画字） 彤
注："衫"褪去"衣",与"丹"（红颜）合
　　为底。

交友半生难靠心（7画字） 佑
注："ナ"（"友"半）、"亻口"（"难靠"心）
　　合为"佑"。

三更初夜空中月（7画字） 彤
注："三"字变更为"彡",初夜为"丶",
　　空中"月"为"刀",合成底字。

盲目消费留后患（7画字） 忘
注：消费，消衍词。

云端双星缀,岩底斜枝出(7画字)豆

我头可断身可裂（7画字）　　　　　　　找

注:"我"字先头笔画断去,再裂开即成
　　"找"。

妆奁初开红颜老（7画字）　　　　　　　妪

注:离合、提义双扣。"妆奁"二字方位消
　　减后取"妪",读yù。意为老女人,即
　　红颜老了。

开窗远眺画舟逝（7画字）　　　　　　　园

注:"囗"象形方窗;"远"字中"辶"（画舟）
　　逝去,余下"元"。

今时不及旧时月（7画字）　　　　　　　肚

注:旧"时"（繁体）为"時",比今"时"
　　（简体）多一"土"。

云端双星缀,岩底斜枝出（7画字）　　　豆

注:"岩"底取"石","斜枝"象形"石"
　　里的一撇。

此字认清须先生(7画字)　　　　　　　　诊
注：假如把"诊"这个字中的"认"字清除，
　　则"须"字先部的"彡"即产生。

生蛋方可抱鸡仔(7画字)　　　　　　　　孚
注：蛋为卵。"孚"加"卵"为"孵"，意为
　　"抱鸡仔"。

献力阿里到西藏(7画字)　　　　　　　　别
注："力"、"口"("阿"里)、"刂"("到"
　　字隐藏西部)合为"别"。

满目枯草泪空流(7画字)　　　　　　　　两
注："满目"除去"艹、氵"得底。

离别重逢容貌改(7画字)　　　　　　　　劦
注："别"字结构分离再重新改组，得
　　"劦"。"刂"即"刀"。

牛年伊始先开会(7画字)　　　　　　　　形
注："牛年伊"三字始笔合起来为"彡"，

"彡"与"开"(先开会)合成"形"。

橹声点点清风里(7画字) 卤
注:"卤"读音同"橹"。"占"(点点清)、
"乂"("风"里)合为"卤"。

撇下金莲思量长(7画字) 寿
注:古有"三寸金莲"之说,故"金莲思量
长"可扣"三寸"。

羞颜未开前缘定(7画字) 纽
注:未,借代"羊","羞"字把"羊"去掉
余"丑";"缘"之前部为"纟"。

携手合力释前仇(7画字) 抛
注:"扌"(手)、"力"、"九"(释放掉"仇"
字前面的"亻"合为谜底。

年年年头梅先归(7画字) 杉
注:"彡"("年年年"头)、"木"("梅"先)
组合为"杉"。

男儿扎根黄河套（7画字）　　　　　　没
注：男儿，汉。黄河套，象形扣"几"。

8画字

川西书札寄爱心（8画字）　　　　　　枕
注："丿"（"川"西）、"札"、"冖"（"爱
　　心"）合为"枕"。

空气含草香（8画字）　　　　　　　　氛
注："氛"为母字。"氛"减去"气"加上
　　"艹"（草）得"芬"，意为"香"。

玉阶生白露（8画字）　　　　　　　　诛
注：面出李白《玉阶怨》句。朱德，字玉阶。
　　白，代"讠"（言）。

行行复行行（8画字）　　　　　　　　兖
注：面出汉乐府《古诗十九首》句。行，意
　　为允许。行行复行行，六个"允"。

"将军夜引弓"（8画字）　　　　　　　　废
注：面出卢纶《塞下曲》句。面言李广引弓
　　发箭事。将军扣"广"，引弓扣"发"。

"不闻机杼声"（8画字）　　　　　　　　呶
注：《木兰诗》："不闻机杼声，惟闻女叹
　　息。"以"女叹"扣意。

鸳梦岁残几处同（8画字）　　　　　　　罗
注："鸳梦岁残"四字都含有"夕"，故以"四
　　夕"相扣。

与人结交用真心（8画字）　　　　　　　奉
注："用真"二字之心"丰三"与"人"共
　　同组成"奉"。

努力了，不后悔（8画字）　　　　　　　恢
注："奴"（"努"字下面的"力"没了）、
　　"忄"（没了后半部的"悔"字）合为
　　"恢"。

尼院广结缘（8画字） 庵

注：尼院为"庵"。

朝权旁落几多载（8画字） 股

注："月又"（"朝权"旁落）、"几"合为
"股"。

残寺破庙人栖身（8画字） 府

注："寸"（残"寺"）、"广"（破"庙"）、
"亻"（人）合为"府"。

白首优容也脱俗（8画字） 宠

注："丿"（"白"首）、"宀、尤"（"优容"脱
"俗"）合为"宠"。

枢后无不放悲声（8画字） 杯

注："木"（"枢"后无）、"不"合为底字。
"杯"读音同"悲"。

工于钱眼招人唾（8画字） 呸

注：双扣法。"工"、"口"（象形铜钱眼）、

"人"合成"咂"。以"唾"释义。

高考恰逢高烤日（8画字） 炅

注："炅"为母字。改变结构后加上"高考"
　　得"高烤日"。

十分开心人相遇（8画字） 奔

注："十"字放入"开"字心部，再添上"人"
　　得"奔"。

除尽首恶从此安（8画字） 怂

注："心"（"恶"字除去前面）与"从"字
　　合为谜底。

贼眼碌碌三只手（8画字） 拎

注：贼，俗称"三只手"；"眼碌碌"象形
　　"丶丶"。

会后少谈方靠干（8画字） 舍

注："会"少"云"（谈），与"干、口"合
　　成"舍"。

窗前有意偷望眼（8画字）　　　　　　　　规
注：假设法。"规"为母字，添加"穴"（"窗"前）得"窥"，与"偷望眼"意扣。

一抹斜阳指向西（8画字）　　　　　　　　拍
注："丿"（一抹斜）、日（阳）、"扌"（指向西）合为底。

湖光水月云层散（8画字）　　　　　　　　居
注："古"（"湖"光"水月"）、"尸"（"层"中"云"散）合为"居"。

列缺一道映高巅（8画字）　　　　　　　　剡
注：列缺，闪电。"夕、刂"（"列"缺"一"道）、"山"（高"巅"）合为"剡"。

日出杲杲，日落杳杳（8画字）　　　　　　林
注：双扣法。"日"字出掉后的"杲杲"，余"林"（木木）；"日"字落掉后的"杳杳"，亦余"林"（木木）。

如火日照热当头（8画字） 招

注：加上"火"（灬）和"日"为"照"，逆推出"召"；"热"当头扣"扌"。二者合为"招"。

宋玉挂冠不染尘（8画字） 柱

注："木"（"宋"去冠）、"王"（"玉"不染尘）合为"柱"。

西湖残月丝丝柳（8画字） 沸

注：西湖扣"氵"，残月扣"弓"，丝丝柳象形扣"丿丨"。

一到广西住酒店（8画字） 沾

注：假设法。"沾"为母字，加上"一"和"广西"得"酒店"二字。

为儿三迁居塾下（8画字） 玩

注："塾"下取"土"，与"儿"和变迁的"三"合成"玩"。

树间风动,隐匿其中(8画字)　　　　　　殴
注:"又"("树"的中间)、"乂几"("风"的
　　结构调动)、"匚"("匚"字中间隐去)合
　　为"殴"。

一篇心得写灯前(8画字)　　　　　　　炉
注:"户"("篇"的心部)、"火"("灯"的
　　前部)合为"炉"。

文笔出奇人仰慕(8画字)　　　　　　　苟
注:假设法。"文"笔出奇,扣"攵"。"苟"
　　"攵"合为"敬",意为人仰慕。

三星残月伴人归(8画字)　　　　　　　炉
注:"三星"象形扣三点,残月扣"尸",与
　　"人"合为"炉"。

佳人潜身逾墙来,掉落墙东一只鞋(8
画字)　　　　　　　　　　　　　　　卦
注:佳人潜身扣"圭",墙东一只鞋象形扣
　　"卜"。

一江水逝不复归（8画字）　　　　　　　环
注："一江"去"氵"（水）合为"王"，"不"
　　字归合得"环"。

摆脱困境靠文化（8画字）　　　　　　　攽
注：摆脱"困"境扣"木"，"文"化为"攵"。

公婆各有半边理（8画字）　　　　　　　始
注："公婆各"三字各取半边，组成"始"。

老笔头秃不及前（8画字）　　　　　　　建
注：繁体字"筆"去头部得"聿"，再与
　　"廴"（"及"不要前部）合成"建"。

一句有隙生异端（8画字）　　　　　　　咆
注："句"有裂隙分开后与"异"之端合成"咆"。

孤泪一壶里，独倚五更中（8画字）　　　泻
注："孤泪"扣"氵"；"壶"里为"冖"；"独"
　　扣"丨"，"五"更作"5"，合作"与"。

只缘利口人遭损,话锋相对宜缄言(8画字)　　　　　　　　　　　刮

注:复扣。"利口"损去"人"合为"刮"。"话"缄"言"余"舌","锋"喻"刂"。

三起三落不为己,清正务实领头行(8画字)　　　　　　　　　　　定

注:将"三起"之中落去"三",余"起",再将"起"字中的"己"去掉,余"走",接下来将"走"字中的"正"(十)清除,剩下"疋";"实"字的头部为"宀",二者组合为"定"。

为政不正,理财无才,最后怎样?必定垮台!(8画字)　　　　　　　　　　　败

注:前两句用消损法。"政"不要"正"余"攵","财"无了"才"余"贝","攵、贝"组成底字。必定垮台,提义复扣底字"败"。

9画字

安石踏青（9画字）　　　　　　　　　　　珀
注："珀"为母字，加"石"为"碧"（与"青"
　　近义）。

"十日画一水"（9画字）　　　　　　　　　洵
注：面出杜甫《戏题王宰画山水图歌》。十
　　日为一旬。

交人始终难交心（9画字）　　　　　　　　俗
注："人"、"口"（"始"终）、"亻、八"（"难
　　交"心）合为"俗"。

舌尖一咬丁香露（9画字）　　　　　　　　柯
注：假设法。"丿"（舌尖）、"一"与结构变
　　化的底字"柯"组成"丁香"。

改变现状争着上（9画字）　　　　　　　　奖
注："丬大丶"（改变现"状"）、"夂"（"争"
　　着上）合为"奖"。

欲做先生愧失雅（9画字） 俗
注：折字提义。"谷"（"欲"先）、"亻"
（"做"先）合为"俗"。"俗"有失雅
之义。

同窗三载心相连（9画字） 恒
注："口"象形"窗"。同窗三载，即把"三"
载入"口"中，为"亘"。

挽弓上前不示弱（9画字） 虽
注："弓"与底字"虽"合为"强"，乃"不
示弱"之意。

不知天上宫阙（9画字） 胜
注：面为苏轼《水调歌头》词句。以"生月"
（对月宫陌生）会意扣底。

任安临终书与迁（9画异体字） 姙
注：姙，读rèn，"妊"的异体字。任、女
（"安"终）合为"姙"。

相携前来共拥杯（9画字） 甭
注：假设法。"甭"为底字，拆为"不用"，
　　与"木扌"（"相携"前来）即可合为"拥
　　杯"。

一朝丰收刮目看（9画字） 拜
注："一丰"相加，"看"消减"目"，组合
　　成"拜"。

樱唇半启待人亲（9画字） 保
注："樱唇"各取一半为"木口"，与"人"
　　合为底。亲，抱合词。

半遮妖态面三藏（9画字） 耍
注："女"（半遮"妖"态）、"而"（"面"中
　　的"三"藏起来）合成"耍"。

残叶翻飞落笔端（9画字） 毡
注："占"（残"叶"翻飞）、"毛"（落"笔"
　　上端）合为"毡"。

东北抗联脱困围（9画字） 亲
注："抗联"二字的东北部合成"立"，"困"
字脱去周围得"木"，合为"亲"。

来日生女称妙香（9画字） 秒
注：假设法。"秒"为母字，添加"日、
女"，得出"妙香"。

搜尽枯肠究太真（9画字） 胡
注："枯肠"去"杨"（太真）得"胡"。究，
推求。杨玉环，字太真。

西楼深居月色疏（9画字） 香
注："木"（西"楼"）、"丿日"（月色为
"白"；疏，散的意思）合为"香"。

先法后案分皂白（9画字） 柒
注："氵"（先"法"）、"木"（后"案"）、
"七"（分去"皂"字中的"白"）合为
"柒"。

半是功劳半苦劳（9画字）　　　　　　　荔

注："功劳""苦劳"四字各取其半，组合成
　　"荔"。

晓日光临茅舍下（9画字）　　　　　　　茏

注："尧"（"晓"日光）、"艹"（"茅"字舍
　　弃下部）合为"茏"。临，抱合词。

思偶心切容颜改（9画字）　　　　　　　苣

注：两个"思"切除"心"后余两个"田"，
　　再经改变可成"苣"。

陈冲行将离别去（9画字）　　　　　　　重

注："冲"的繁体字为"衝"。"衝"去"行"
　　得"重"。

个旧改革向前进（9画字）　　　　　　　界

注："个旧"改变字形，再与"向"前之
　　"丿"组合成"界"。

案上有书听幼读（9画字）　　　　　　　宥
注："宀"（"案"上）和"有"合为"宥"，
　　读音同"幼"。

古隶今隶别写错（9画字）　　　　　　　标
注："隶"字繁体为"隸"。"隸"减"隶"
　　后错位写为"标"。

红旗招展报好音（9画字）　　　　　　　郝
注：赤，红色。"旗"象形扣"阝"。"郝"
　　音同"好"。

走四方，明日去异乡（9画字）　　　　　胤
注：走"四"方而余"儿"，"明"日去而余
　　"月"，异乡为"幺"。

村头零落雨，岭后半放梅（9画字）　　　柃
注：双扣法。"村"头扣"木"；"零"落掉
　　"雨"扣"令"；"岭"后扣"令"；"梅"
　　字的一半放掉扣"木"。

村头零落雨,岭后半放梅(9画字)柃

掌管用心,务须尽力(9画字)　　　　　　客
注:用"掌管"二字之心,与"务"除去"力"
　　后的"夂"合成"客"。

两只手摊开,四张嘴紧闭。一条腿立
正,一条腿稍息(9画字)　　　　　　　界
注:歌谣体字谜。象形法。

坦克车,朝东开,有车轮,没履带(9
画字)　　　　　　　　　　　　　　　点
注:歌谣体字谜。象形法。

10画字

白露下黄叶(10画字)　　　　　　　　射
注:"讠"(白)露出,与底字"射"合为
　　"谢"。以"下黄叶"扣意。

洗头去头屑(10画字)　　　　　　　　消
注:"氵"("洗"头)、"肖"(去头"屑")
　　合为"消"。

一朝被蛇咬（10画字） 毪

注：启下句"十年怕草绳"意扣。意为老是
害怕（毛，害怕）。

居中写首小重山（10画字） 索

注："十"（"居"字的中间）、"冖"（"写"
字之首）、"小"、"幺"（象形"重山"）
合为"索"。

前头容易后头难（10画字） 准

注："前"字的头两点容貌改易，再与"难"
字后头的"隹"合成"准"。

晨昏前后心难安（10画字） 倡

注："日日"（"晨昏"前后）、"亻"（"难"
字之心）合为"倡"。

红颜独伴夜读书（10画字） 殊

注：拆字提音法。"朱"（红颜）、"一"
（独）、"歹"（夜）合为"殊"，读音
同"书"。

凤树盈盈山水中（10画字） 剟

注："凤树盈盈山水"六字中部组合成"剟"。

临王先写十七帖（10画字） 珲

注："王"、"冖"（先"写"）、"车"（"十七"帖）合为"珲"。临、帖，均为抱合词。

破旧立新建四化（10画字） 晒

注："旧"与"四"一起更新组成"晒"。

临危当头主动迎（10画字） 玺

注："尔"（"危当"头）、玉（"主"动）合为"玺"。

牵牛望眼银河断（10画字） 眚

注：眼，目。"银河"象形扣"一"。

取灯前来闻哽声（10画字） 耿

注："取灯"二字之前部组成"耿"；"耿"音同"哽"。

春阴秋雨伴琴声（10画字）　　　　　　　秦

注："春"阴则不见"日"，扣"夫"；"秋"雨则"火"熄灭，扣"禾"；二者合为"秦"，音同"琴"。

腮边留下樱唇痕（10画字）　　　　　　　哨

注："月"（"腮"边）、"小口"（樱唇）合为"哨"。

舍弃冠冕报先生（10画字）　　　　　　　挽

注："免"（舍弃冠"冕"）、"扌"（"报"先）合为"挽"。

一桥隔断半轮明（10画字）　　　　　　　晕

注：半"轮明"取"车日"；桥，象形扣"冖"。

巧改公文送出关（10画字）　　　　　　　逡

注："厶八夂"（巧改"公文"）、"辶"（送出关）合为"逡"。

穿花采蜜务先来（10画字） 蚌
注："穿花采蜜"会意扣"蜂"。"务"先部
　　为"夂"，与底字"蚌"合为"蜂"。

芳心错寄空中月（10画字） 胶
注："艹"（"芳"心）、"×"（错）、"八"
　　（"空"中）、"月"合为"胶"。

香闺半掩待三更（10画字） 涧
注："香闺"各掩一半扣"间"；与"氵"
　　（"三"更）合为"涧"。

赏尽画桥错落景（10画字） 唢
注：画桥，象形扣"冂"。"赏"去除"冂"
　　后错落调整，得"唢"。

几经嫁接二三载，一株幼苗长出来（10
画字） 氧
注："一株幼苗长出来"象形扣"丫"，与
　　"三"合成"羊"；"几"经嫁接，与
　　"二"合成"气"。

好的开端要抓住(10画字) 挐
注:"好"的开端取"女"。

大国外交显气度(10画字) 氪
注:"大"、"囗"(国外)、"气"合成"氪"。

羊城冬至凉初生(10画字) 疼
注:"广"(羊城)、"冫"(初"凉")、"冬"合为"疼"。

光头剃去当和尚(10画字) 党
注:"光"头剃去余"儿",与"尚"合为"党"。

扯起前帆渡汉流(10画字) 席
注:"渡"去掉"汉",与"巾"(前"帆")合为"席"。

濒临厄境难顾及(10画字) 涉
注:"濒厄"中消除"顾"得"涉"。

其不仁者,奉先也(10画字)　　　　倡
注:"倡"为母字,去除"仁"得"吕"(吕
　　奉先)。

知音同桌,情如兄弟(10画字)　　　捉
注:会意提音法。兄弟如手足,扣"捉";
　　"捉"音同"桌"。

人生参透,一点无求(10画字)　　　泰
注:参,通"叁",扣"三"。添加"人"、
　　"氺"(没了"一"和"点"的"求"字)
　　得"泰"。

工会靠工人,未来一定成(10画字)　耒
注:"云"("工会"减除"工人")、"耒"
　　("未"来"一")合为"耒"。

离散再相逢,依旧是只身(10画字)　难
注:"难"改变结构,成"隻"。"隻"乃"只"
　　的繁体(依旧)字。

双方有串通，千万要小心（10画字）　剞
注：首句扣"丨"，加"丨"（"小"心）得
　　"刂"；古代"千万"为"京"。

猛起扣球排山势，声如椰头落点狠（10
画字）　　　　　　　　　　　　猡
注：三扣。"猛"起为"犭"；球，象形扣
　　"、"；艮，《易经》八卦之一，代表
　　山。"猡"音同"椰"。"狠"头落点
　　（、），合成"猡"。

征西谁应召，班家投笔人（10画字）　徎
注：班超投笔典。"彳"（"征"西）、"超"
　　（班超）组合后除去"召"得底。

11画字

皓首一生伏案头（11画字）　　　　宿
注："白"（"皓"首）、"一"、"亻宀"（"伏
　　案"头）合为"宿"。

绝色无比映未央（11画字）　　　　　　　缍

注："纟"（绝色无）、"比"、"日"（"映"未"央"）合为"缍"。

一夜清凉递暗香（11画字）　　　　　　　移

注：河北石家庄有清凉山，故"清凉"扣"山"。夜为"夕"；暗"香"去"日"，扣"禾"。

亲朋苦心始记取（11画字）　　　　　　　脯

注："朋"、"十"（"苦"心）、"丶"（始"记"）合为"脯"。取、亲，均为抱合词。

先生相爱形半销（11画字）　　　　　　　彩

注："相爱"二字的先前部分，再加上"形"字的后一半，合为"彩"。

阵前有心立头功（11画字）　　　　　　　隋

注：把"工"（头"功"）放在"有"字中间，与"阝"（"阵"前）结合，成"隋"。

抓大放小两兼顾（11画字）　　　　　　捈

注：抓，放，提示用手（扌）；兼顾"大、
　　小、二（两）"，得"捈"。

眼前九畹一枝斜（11画字）　　　　　　着

注："眼"字之前为"目"；九畹，"兰"花
　　之典；一枝斜，象形扣"丿"。

芳心微露半含羞（11画字）　　　　　　羚

注：半"含羞"，扣"今羊"；"芳"心微露，
　　扣"丶"。

前头有了大目标（11画字）　　　　　　眷

注："䒑"（"前"头）、"大"、"目"合为
　　"眷"。

佛前抛却万古念（11画字）　　　　　　偶

注："万"的古体字为"萬"。"亻"（"佛"
　　前）、"禺"[抛却"萬"字中的"艹"
　　（念部）]合为"偶"。

命令退却鼙鼓息（11画字） 啤
注："命"减掉"令"为"口"，"鼙"减掉
　　"鼓"为"卑"。

橘奴千头茅舍下（11画字） 萎
注："千头橘奴"典。

人生在世从长计（11画字） 谍
注："人""世""计"合为"谍"。

西服一穿有朝气（11画字） 乾
注：假设法。"乾"为母字，添上"月"（西
　　"服"）、"一"合成"朝气"。

云中山水画堂里（11画字） 副
注："云"和"山水画堂"五字中间部位
　　组合得底。

吃进一笔，收获加倍（11画字） 乾
注："吃"、"一"、"十十"（"加"倍）合为"乾"。

北大考上终有日(11画字)　　　　　　奢
注:北、终,均指示方位。"大"、"耂"
　　("考"上)、"日"合为"奢"。

"独留青冢向黄昏"(11画字)　　　　　理
注:面出杜甫《咏怀古迹》句。以"一埋"
　　拢意。

下令先撤军,和解方容易(11画字)　探
注:"令"下为"丶"、"扌一"(先"撤军")、
　　"禾"["和"解"方"(口)],改组后
　　合为"探"。

八载打拼,一朝夺冠(11画字)　　　捰
注:"八"、"打"、"一"、"大"("夺"冠)合为
　　"捰"。

劳力缺乏,双方补充(11画字)　　　营
注:"劳"去"力"后,补上"口口"(双
　　方),得"营"。

先前无知,说话放肆(11画字)　　　　　啤

注:"知"之先前无而余"口",说话(白)放上"肆"(象形"4")扣"啤"。

大雁塔,小雁塔,二度牵手雁塔下(11画字)　　　　　　　　　　　　　　捊

注:面句抵消"雁塔"二字后,将剩余的"大小二扌"合为"捊"。

声咽正捱五更度,点点泪共滴滴雨(11画字)　　　　　　　　　　　　　　焉

注:"焉"音"咽"。"正"明用。"5"(五)变体后加"灬"(点点滴滴)。

先绘三角形,后画正方形(11画字)　　缁

注:"纟"(先"绘")、"巛"(三个"角形")、"十"(正)、"口"(方形)合为"缁"。

十载脱穷根,同心改面貌(11画字)　寅

注:脱"穷"根扣"穴","同心"为"一口"。

没羽箭不及菜园子,小尉迟不及病尉迟
(11画字)   渐
注:面系《水浒传》中四个人物:"没羽箭"
　　张清,"菜园子"张青,"小尉迟"孙
　　新,"病尉迟"孙立。消减法。

网上接连出错误,立即下载忙安装(11
画字)   惘
注:"网"除去"××"(错误),再加上
　　"亠"("立"下)和"忙",得"惘"。

12画字

和风吹来别样春(12画字)   翔
注:"习习"(和风)与"羊"(别样春,"样"
　　去"木")合为"翔"。

琴端错把芳心寄(12画字)   斑
注:"王王"("琴"端)、"×"(错)、"丶"
　　("芳"心)合为"斑"。

卞子抱璞垂泪珠（12画字）　　　　　　　程

注：卞"和"，璞"玉"。"泪珠"象形扣
　　"玉"右下一点，消去。

小厂压才难出头（12画字）　　　　　　　雅

注："牙"（小"厂"压"才"）、"隹"（"难"
　　出头）合为"雅"。

"乃不知有汉"（12画字）　　　　　　　　甥

注：面为陶渊明《桃花源记》句。汉，男。
　　意扣。

秦腔半段送高堂（12画字）　　　　　　　稍

注："禾月"（"秦腔"半段）、"小"（高
　　"堂"）合为"稍"。

右路先插入，球进网框左上角（12画
字）　　　　　　　　　　　　　　　　　搁

注："各"（右"路"）、"扌"（先"插"）、
　　"门"（球进网框左上角）合为"搁"。

初写六书须仿帖（12画字）　　　　　　　傍

注："亻"（初"写"）、"六"、"仿"合为
　　"傍"。帖，抱合词。

徽钦二帝今安在（12画字）　　　　　　　琴

注："王王"（徽钦二帝）和"今"合为"琴"。

近水楼台先得月（12画字）　　　　　　　滑

注："滑"字右上部象形"楼台"。

客来拂晓听琴声（12画字）　　　　　　　覃

注：会意加提音。"西"（客）、"早"（拂晓）
　　合为"覃"，音同"琴"。

村前含泪听乡音（12画字）　　　　　　　湘

注：方位加提音。"木"（"村"前）、"泪"
　　合为"湘"，音同"乡"。

活得开心话语甜（12画字）　　　　　　　湉

注：拆字提音。"湉"读音同"甜"。

辗转千里至,初访中原居(12画字) 储
注:"亻一"(辗转"千")、"讠"(初"访")、
　　"白十"(中"原居"),合为"储"。

约好村头两点见(12画字) 缕
注:"约好村"三字前头,加上"丷"(两点),
　　得"缕"。

行,先挂了,再会!(12画字) 街
注:"挂"字之先去除,余"圭",再与"行"
　　会合。

收贿先安置,没钱一边去(12画字) 溅
注:贝("贿"先)加上"氵、戋"("没钱"
　　的一半),得"溅"。

二丫撇下弟弟,村头摆起家家(12画
字) 粥
注:"弟弟"二字将两个"丫"和两个"丿"
　　去掉,余"弓弓";"村"头为"木";"家
　　家"起笔均为点(丶)。

节约一点没有错,聚集起来收获丰(12画字)　　　　　　　　　　　　　　　斐

注:"斐"为母字。上句"斐"消"文"余"非",下句"非"并拢成"丰"。

13画字

孤雁翻飞小雨中(13画字)　　　　　零

注:"人"(孤雁)加在翻飞的"小"上,再加"雨",得"零"。

舵手出没沱流中(13画字)　　　　　搬

注:"舵、扌、没"中除去"沱",合为"搬"。

和衣蒙首卧其中(13画字)　　　　　蓑

注:"衣"、"艹"("蒙"首)组合,再将卧倒的"中"字添入,合为"蓑"。

细雨如丝看不见(13画字)　　　　　雷

注:"细雨"无"纟",合为"雷"。

共登高桥上碧空（13画字） 碘
注："共"、"冂"（象形高桥）、"石"（"碧"
　　上空去）合为"碘"。

前耻当与后辈知（13画字） 辑
注："耳"（"耻"前）、"车"（"辈"后）、
　　"口"（"知"后）合为"辑"。

云裹风声陈笔下（13画字） 肆
注："云"、"F"（"风"拼音声母为F）、
　　"聿"（繁体字"筆"下）合为"肆"。

一生心宽厚，帮人帮到底（13画字） 幕
注："一"、"艹"（"宽"之心）、"日"（"厚"
　　之心）、"人"、"巾"（"帮"之底）合
　　为"幕"。

错误公开后，名裂梦也终（13画字） 嗲
注："×"（错误）、"八"（"公"离开其后）、"夕
　　口"（"名"裂开）、"夕"（"梦"的终部）
　　合为"嗲"。

来去一生，敬终如始（13画字） 数
注："米"（"来"去"一"）、"攵"（"敬"终）、"女"（"如"始）合为"数"。

此招一出手，高低显然见（13画字） 照
注："扌"（"招"出掉"手"）、"日"（"显"的高处）、"灬"（"然"的低处）合为"照"。

明朝双休日，迁移到西藏（13画字） 蒯
注："艹朋"（"明朝"消除"日日"）、"刂"（"到"西部隐藏）合为"蒯"。

枕前示儿记，中原放翁心（13画字） 槐
注："木"（"枕"前）、"儿"、"白"（中原）、"厶"（"翁"心）合为"槐"。

心开阔，同揣梦想共高歌（13画字） 椐
注："门"（"阔"字去掉中心部位）、"木"（"梦想"两字的相同处）、"吕"（"高歌"两字的共同处）合为"椐"。

14画字

开局先治霾（14画字）　　　　　　　　　　漏
注："尸"（"局"的开始部分）、"氵雨"（"治霾"的先前部分）合为"漏"。

传世碑林在西安（14画字）　　　　　　　　碟
注："世"、"石木"（"碑林"两字的西部）合为"碟"。安，抱合词。

改变乱堆放、乱搭建现象（14画字）　兢
注："克"（改"乱"）、"克"（变"乱"）合为"兢"。

穷经皓首心唯一（14画字）　　　　　　　　缩
注："宀丝白"（"穷经皓"三字之首）、"亻"（"唯"字中心部位）、"一"合为"缩"。

四方新柳参差插（14画字）　　　　　　　　榴
注：田（四个方形）与"柳"字合为"榴"。

"似血如朱一抹齐"（14画字）　　　　　　赫
注：面为秋瑾《杜鹃花·杜鹃花发杜鹃啼》
　　句。血、朱皆为"赤"色。

身前身后，荣辱参半（14画字）　　　　　榭
注：取"荣辱"下半部"木""寸"，分别放
　　置在"身"字前后，得底。

自古相思断，千载不一回（14画字）　僖
注：相思扣"豆"。"豆"把"古"字断开，
　　与"亻"（"千"不要"一"）合为"僖"。

15画字

肥水不流外人田（15画字）　　　　　　　撞
注：以"拉里"扣意。

保存旧制出新制（15画字）　　　　　　　褒
注："制"繁体为"製"。"製"出"制"余
　　"衣"，上下松开，与"保"合为"褒"。

保暖内衣不暖和（15画字）　　　　　　　褒

注："暖"与"不暖"自行抵消，余"保内衣"，解为"保"在"衣"内。和，抱合词。

湘女泪落竹斑斑（15画字）　　　　　　　篓

注："木"（"湘"落泪）、"女"、"竹"、"丶丶"（"斑斑"，象形两点）合为"篓"。

船方离去，又靠码头（15画字）　　　　　磐

注："舟几"（"船"离了方形的"口"）、"又"、"石"（"码"头）合为"磐"。

同心六十载，改革看未来（15画字）　　　樟

注："日"（"同"心改革）、"六"、"十"、"木一"（"未"字拆开）合为"樟"。

多笔画字

炊烟早起化不开（多笔画字）　　　　　　燎

注："火火日"（"炊烟早"三字起始部）、"一

小"(化开的"不")合为"燎"。

细雨隐雷三里屯(多笔画字)   缊
注:"细"、"田"("雷"隐去"雨")、"三"
  合为"缊"。屯,抱合词。

泛舟游于赤壁下(多笔画字)   避
注:赤,空无所有。空去"壁"之下部余
  "辟"。"舟"象形"辶"。

落后一跃为先进(多笔画字)   潞
注:"洛"("落"字后部)、"足"("跃"字
  先部)合为"潞"。

教育后辈当尽孝(多笔画字)   辙
注:"教"、"育"、"车"("辈"后)除去
  "孝",得"辙"。

雪梅终尽柳先归(多笔画字)   霖
注:"雨"("雪"终尽)、"木"("梅"终尽)、
  "木"("柳"先)合为"霖"。

为政不为民，民弃速罢之（多笔画字）　　整
注：层层剥笋，三次删削，余"政束"两字，
　　调结构组成"整"。

不负皇诏令，征东口衔枚（多笔画字）　　整
注：双扣。"正"（不负）、"敕"（皇诏令）
　　合为"整"，"正"（"征"东）、"口"、
　　"枚"也合为"整"。

卸冕归之还旧貌（多笔画字）　　　　　　寰
注："寰"为母字。卸掉"宀"（冕，帽子），
　　添加"辶"成为"還"（"还"的繁体字）。

甩脱外套，敞着上身（多笔画字）　　　　氅
注："甩"脱去外套添上"丿"（"身"上）成
　　"毛"，加"敞"合为"氅"。

原厂要撤销，税须提前交（多笔画字）　　穆
注："白小"（"原"销掉"厂"）、"禾"（"税"
　　前）、"彡"（"须"前）合为"穆"。

北方二十载,顿顿窝窝头(多笔画字) 燕
注:顿顿,借指两个顿号,为两点;"窝窝"
　　两字头部也是两点。

足球赛上输了球(多笔画字) 骞
注:面句抵消后余"足赛上"。

开放抓住先机,改革同心向前(多笔画字) 橄
注:"放"、"木"("机"字先部)、"日"(改
　　革"同"字中心部位)、"丿"("向"字
　　之前部)合为"橄"。

南音一曲闽中来(多笔画字) 蟫
注:"日"(南"音")、"一曲"、"虫"("闽"
　　中)合为"蟫"。

放权之前谈调整(多笔画字) 燮
注:放开"权"之前扣"又","谈"(谈)
　　字结构调整,合为"燮"。

偶尔离你未见，一会也挂念（多笔画字）　藕
注："禺"（"偶尔"去"你"字）、"未"、
　　"一"、"艹"（念）合为"藕"。

躁扰始终心不惊（多笔画字）　　　　蹴
注："足"（"躁"始）、"尤"（"扰"终）、
　　"京"（"惊"去"心"）合为"蹴"。

清茶寡色无人品（多笔画字）　　　　藻
注："氵"（"清"无"青"色）、"艹木"（"茶"
　　无"人"）、"品"合为"藻"。

道折绝壁上，莲叠三界中（多笔画字）　疆
注："弓"象形曲折的道路，"壁"字的上部
　　绝掉余"土"，莲叶"田田"，"三"界
　　在其中，合成"疆"。

前后筹措，一笔未就（多笔画字）　　籍
注："𥫗"（"筹"前）、"昔"（"措"后）、
　　"一"、"未"，合为"籍"。

作品赏析

终生念伊减姿容（少笔画字）一

卢志文/赏析

此谜以谐音、拆字、象形三种谜法叠扣而成，颇见功力，曾被评为"一"字谜谜王。"终生"乃方位示意，指"生"字的末笔，扣"一"；"念伊"不是想念谁，而是告诉你谜底的读音，念 yī（伊）；"减姿容"则是从字形上进一步告诉你，谜底的"姿容"就像数学上的减号。与"春雨连绵妻独宿"相比，本谜自出机杼，面句平仄协调，绮丽凄婉，刻骨相思，情真意切，已胜一筹；谜法新奇独特，提音准确，象形巧妙，手法更出前者之右。全谜一波三折，反复扣合，作者故意招摇过市，猜者却浑然不察，谜味醇厚，直令前者面北！

谜虽小道，却于只言片语之间包容天地，留连其间，奥妙无穷，难怪越来越多的人"终生念伊"，减了姿容，依然"谜"途不返。

个别人倒下,是为大多人(少笔画字)一

李明会/赏析

面句叙述了革命先烈们为了绝大多数劳苦大众的利益,前赴后继,英勇献身,歌颂烈士们视死如归的革命英雄主义。让人们在赏谜的同时,悟得如今和平安定环境来之不易,它是先烈们用鲜血和生命换来的,要倍加珍惜。

入谜时,需将"个别人"词性改变,顿读为主谓宾结构,同时谬解为"个"字"离别"了"人"这个部件,剩下"丨",再"倒下"而变成谜底"一"字。另外将后句中的"大多人"别解为"大"字"多"出了"人"这个部件,那不正是谜面前句所变幻出来的"一"字吗?本谜综合采用"叫出""变形""双扣"等谜法,"倒下"一词用得准确、形象、生动。"是为"两字并非闲字,有了它,使得谜面连贯成文不断气,同时用它可点明此谜属双扣手法,从而避免一谜多

底之嫌。

通观全谜,通俗易懂,意境深远,富含哲理,活而不乱,而且有所创新,不失为一则大众化的好谜!

溪头茅舍下,有内人相伴,此生满足矣(少笔画字)一

蔡建荣/赏析

谜面"溪头茅舍下"指的是绿色环保的自然环境,"有内人相伴"指的是情深意重的糟糠之妻。人生如此,夫复何求?"此生满足矣"!作者凭着自己对人生的思考,对理想生活的追求,对幸福的终极体悟,而成此佳面。

扣合时先叫入"满"字,再从"满"中逐渐减去各个字素,如剥笋,似脱衣,层层离剥,件件脱卸,直到露出本来面目。"溪"头取"氵","茅"舍弃下部余"艹","内人"整合成"两"字下部,这样就剩下光杆司令"一"了。面句中"此生""足矣"字

样,切不可轻易看过,实乃扣合之关键所在,当指谜底"一"字产生,"满"字便完整了。

斯谜面句立意积极,歌颂简朴、天然的自然环境,赞扬感恩、亲密的夫妻生活,扣合上离中有合,似合实离,直让人不知庄周是蝶,蝶是庄周?手法迷离,繁复回旋,把最简单的"一"字弄得如此玄乎,不得不佩服作者谜艺之高超!

舍空人迹叶翻飞(少笔画字)一

顾为善/赏析

"愁与西风应有约,年年同赴清秋。"在"纷纷堕叶飘香砌"的日子里,最易牵引离愁别恨。即使是久别重逢的欢会,面对"雨中黄叶树",也给"灯下白头人"添了一丝怅惘。何况面上所示的另一种境界:久别之后乘兴往访,至则庐舍依旧,室内无人,只有满地黄叶随风飞舞,该是何等失望,几多伤感!无限思绪凝结在七个字中,寓情于景,耐人咀嚼。然而这不是写抒情诗,而是为"一"字谋面。舍空人迹,"舍"字去"人"余"一古",还得除掉"古"。而作者以谜人特有的敏锐目光,看出它是横写的"叶"字。好个"叶翻飞"!这样翻转后再排除不合时宜的"古",真不愧是推陈出新,"做这一弄,越教人知重"。

塘前水月几多清(少笔画字)一

蔡 芳/赏析

为问"塘前水月几多清",请看朱自清的散文名篇《荷塘月色》:"月光如流水一般,静静地泻在这一片叶子和花上。薄薄的青雾浮起在荷塘里。叶子和花仿佛在牛乳中洗过一样,又像笼着轻纱的梦……弯弯的杨柳的稀疏的倩影,却又像是画在荷叶上。塘中的月色并不均匀;但光与影有着和谐的旋律,如梵婀玲上奏着的名曲。"不同的人,不同的心境,对着同样的水光月色会有不同的感受。而无边的荷香月色却同样能让你尽情地享用。

为问"塘前水月几多清",请看字里机关,灯谜扣合如何成就"一"字。"塘前"者,方位指示"土"部;"水"以偏旁"氵"替代;"月"明取。"几多"既是形容词又是疑问词,谜中之义系发问"塘前"(土)与"水"(氵)、"月"组合,还要多上"几"(什么数字)才能成为"清"字?根据谜作的假设关系,无论正推或逆推,均可推出谜底为"一"。于字素组合的观点来看,这个疑问词"几"应是笔画"一";于数值关系的角度看,这个特定的"几"必定是数字"一"。此谜妙在活用了"几多"一词,将形象程度的抽象语义,别解作确定"数量多少"的疑问。谜作本是字素、笔画离合的关系,却转化为确定数值的问题,巧妙利用"一"既是笔画又是数字的双重属性,暗换概念,不露痕迹。谜法简洁如同白描,恰似清水芙蓉,透出一股淡淡的清香,微微晚风,与清新谜境相互交融,恬淡悠远,令人回味再三。

值此回戈收故国（少笔画字）一

陈　斌/赏析

面文主旨鲜明、严肃，寥寥七字，抵得一篇敦促敌人投降的檄文。谜艺则充分体现在漏补之法。故国（"国"繁体为"國"）可分解为"囗、或"两字素，也可以分解为"囗、戈、口、一"四字素。而作者匠心独具，另辟蹊径，将它分解为"回、戈、一"三字素，甚得字形变通之窍要，将面文演绎成灯谜语言，不就是"当遇到'回、戈'这两字时，再收入漏掉的谜底'一'字，就成了繁体的'国'（國）字"吗？

这是一则面漏底补的佳构。作者可能没有刻意去追求北派谜的韵律，但读面文，仄仄平平仄仄平，就会发现其甚合北谜格调，此之谓天籁也。

披肩长发蝴蝶结（少笔画字）飞

邓凤鸣/赏析

乍识此谜，惊艳不已；再赏此谜，赞叹不已；又品此谜，迷醉不已。此后每一回的品赏，都令我击节再三；画面就此定格，鲜活地嵌入记忆的深层。

那飞奔而来的俏佳人，体态轻盈，意气风发，神采飞扬。镜头定格处，只见一朵绚丽夺目的蝴蝶结，兀自在一头披肩长发上翩然起舞，令人为之心醉神迷。

"披肩长发蝴蝶结"，活泼生动，灵巧自然。"乙"飘逸潇洒，象征那一头随风飘扬的披肩长发；"〈"带着饱满的生命力，成为在发端恣意飞舞的蝴蝶结。"飞"化身为一活力四射的俊俏佳人，披肩长发上系着飘逸的蝴蝶结，笑意盎然地迎面而来，那么地亲切自然，却又如此地摄人心魂。

十载念书苦,直上金榜题(少笔画字)口

杨耀学/赏析

本谜前后两个分句各扣底字,均采用假设法入扣。前一分句假设"十"载入"念"(念,二十,艹),再写上"口",即可得到"苦"字;后一分句假设将"直"(丨)加上"口"而成"中"字,会意为"金榜题"名。前后两句牢牢锁定"口"字,确保不会多底。面句本意,则很容易明白,也合常理,更符历史真实。

前后分句是因果关系,是为了达到目的的努力过程。所谓"十年寒窗苦读,一举高中成名"是也。十载念书,有三意:一曰时间长,十年是象征意义;二是辛苦、艰苦、穷苦,"寒窗"之"寒",即是"苦"意;三乃"专",不干别的,一心读书。本谜前句,将这三层尽皆托出。后句说"金榜题",当然是读书人的追求和最终修成的正果,但须知落败是大多数。"直上"的意

义是说，读书直通仕途，只要考上，并无障碍。"中"的效果，"中"的价值，谁也明白，犹如范进大叫"我中了！"在古代，男子从发蒙识字开始就要把科举作为人生的奋斗目标，无数人接受竞争和挑选，王朝具有空前的吸纳力，平民可通过考试直通上层社会。这就是这个"直"字的历史意义。

"偶尔露峥嵘"（少笔画字）山

陈春祥/赏析

"更花管云笺，犹写寄情旧曲。"（宋·周邦彦）谜求创新，愁煞多少行家；谜追典雅，想煞无数里手。谜有"包含法"，又名"包孕法"。它以谜面主体字的笔画部件来包含谜底，而且谜面往往有"有""无""都有""没有"等抱合词。90后黄远新君一则"相同的是落寞，不同的是尴尬（蔬菜名）芥蓝"，异类出新，抱得"金虎"；"字谜大王"汪老寿林一则"砖雕和古碑，景点般般有；堂舍同亭阁，故居处处留（少笔画字）

口",整饬雅意,佳榜题名。武骊先生斯谜有年矣,今有幸碰巧得读,想来就此堪可说道。

"笑谈成黼藻,咳唾落琼瑰。"(宋·曾巩)肇创论法,渐阐谜理。相对于吴建伟先生那则"同来雅集,都在说谜(字)谁",声色其事,两份其法;汪老寿林那则"阳春晚景四方同,泊堤鹊影处处见(字)日","方位"其中,精鹜天外。斯谜思路别致,更见乖巧。其"偶尔"词组,"尔"字实词虚用,单提"偶"字以计数,恰"峥嵘"两字偏旁之"山"字,包含以示;"露"字抱衬其间,包含以显。正是"从绳运斤,义且得于方正;量枘制凿,术乃取于纵横。"(唐·杨炯《卧读书架赋》)实是花样诸般,斯谜一种,天籁人籁,信手拈来。

写人加了引号，表示话中有话（少笔画字）火

邱茂文/赏析

引号表示文中引用的部分，有双引号和单引号两种，分别用""和''表示。按照目前的规范用法，汉语都以双引号为引号的基本形式，引号内还需要用引号时，外面一层用双引号，里面一层用单引号，第三层再用双引号，原则上是双引号和单引号交错使用。

本谜底字很简单很常用，只有四个笔画，已有不少人配过面，其中不乏佳构，珠玉在前，要想再创新出佳难度极大。但武骝先生眼光犀利，观察细致入微，又善于广泛联想，他发现了手写体"火"字中两点，与手写的单引号极为相似，遂以象形法为主作谜。有了好思路，接下来就是设法拟出满意的谜面。作者撰面功力深厚，采用六言双句，对称美观，同时巧借"话中有话"，轻松搞定"单引号"，一语双关，既在意料之

外,又在情理之中,令人折服!谜中"人"字明取,直接成为底字部件;"写"和"加了"均作抱合词。

全谜扣合贴切自然,神完气足,虽然简约,但不简单。其中"引号表示话中有话"扣底字"火"中两点,颇具新意,妙趣横生,乃亮点所在,提高了谜作的品位。

片片玫瑰复焦桐(少笔画字)今

汪德亨/赏析

焦桐,典出《后汉书·蔡邕传》。东汉时,吴人常用桐木烧饭。一日,蔡邕听到厨房中传来噼噼啪啪的烧火声,知道是上好的木材,随即将此段木头从火中取出,拿来做了一把琴,果然琴声优美。因琴尾已焦,人称"焦尾琴"。后遂用"焦尾""焦桐""焦琴"等来代替琴。题面句描绘了一幅凄凉的幽闺图:败落的玫瑰,一片片飘落在瑶琴上,真是"琴弦已断,你休提它"的惨景,场面催人泪下。但解谜时却另有一番情趣。

"片片"原为量词,指花瓣之多,现别解为偏、半之义,"片片玫瑰"即取"玫瑰"之半部,得两个"王";"复"即"覆",有覆盖之意。题面句即可释作:两个"王"(片片玫瑰)覆盖在谜底字上,即是"琴"字,那谜底必为"今"字无疑。

全谜着"片片"别解生趣,取舍不漏斧痕;"复"字见活,用意巧妙,足见炉锤功夫。细细品味,犹有焦琴绕梁遗音,回荡耳旁,真是"春风吹梦蜀山深,又改清弦谱琴"。

星临万户出门看(少笔画字)方

莫志刚/赏析

猜谜从字谜起始,作谜亦然。因为:其一,字谜是谜中大项,遨游观瞻如海;其二,字谜成谜路径较之词汇谜易掌握;其三,字谜最宜练笔练句,磨功底,长水平;其四,凡词汇谜之诸多手法均可在字谜创作中得到运用和体现。然而,谜人多感觉字谜创作难,创作一则佳谜更难,也不无道理,原本底材枯燥乏味，给人回旋余地狭窄，且须考虑意境、画面、层次、笔画、字素、结构、平仄等综合因素。

武君字谜甚多，佳作不少，其如同习武，十八般兵器件件精通，"星临万户出门看"扣字"方"一谜即是。题面主人公何许人也？容吾等揣想：或许是白发老母，可怜泪尽眼枯，茕茕孑立，形影相吊，面对星空岂不令人黯然销魂；或许是征夫之妻，秉烛寂寞夜思，寄情千里，遥守归期，此时星临万户却归期尚无期。作者以"、"象形"星"，"户"与"门"会意离损，然后合成谜底"方"字，且撰面平仄协律——平平仄仄平平仄，读之朗朗上口，抑扬顿挫。

斯作看似寻常质直，波澜不惊，然通乎事，通乎理，通乎情，此三者足以穷尽万有之精彩。余读罢以为佳，未知君意下如何？

一言诀别人当去,敢将此头作倒悬
（少笔画字）互

赵首成/赏析

字谜易猜难制,这是谜界几近达成共识的"创作谈"。说它难于制作,一是因为自古至今流传下来的字谜佳作太多,要想突破窠臼而出新意,颇为不易;二是字谜在掌握高度技巧的基础上,还需讲求撰写或选取的谜面有思想、有意境,否则便会沦为杂耍式的"江湖谜"。

品读本谜,似见一位仁人志士毅然与家人诀别,勇敢投身于汹涌澎湃的革命洪流中去,以解救天下为己任,"此头须向国门悬"（陈毅诗句）,视死如归,一派英风浩气。面句的景象,无疑是十分雄奇而悲壮的。但是,评论一谜面构撰之佳否,还得看关合谜底的效果如何,果能丝丝入扣者方可言佳。如此面上句"一言诀别人当去",乃以"诀"字作为离损母字,"言"（讠）和"人"作离损字素,"别"与"去"作消衍词,因而得到谜底"亘"字的下半部。下句"敢将此头作倒悬"恰又构成了"亘"字的上半部。由此,谜底区区一字,经过作者心细如发的观察和大胆的解剖组合,巧妙运用"言此喻彼,机带双敲"的语言艺术,被刻画得活灵活现、栩栩如生;而对这样精心结撰的面句,我们能不为之无限心仪,叹为观止么?

早先失利之后,拱手割让香港(6画字)氾

许友金/赏析

丧权辱国的惨痛,历史经验的记取,香港回归的喜悦,凝聚成内涵非常丰富的十二言面句。"人贵直,谜贵曲",此谜为最!氾,其义为由一干流分出两股又汇合到干流的河水。香港回归正是"汇合"。

底字选取,言为心声;面句心声直吐,是"分出"的历史教训。假设、离合混成谜法的娴熟运用,充满睿智。"早"先失"利"后,离合得"香";"拱"手割让余"共",

与底字"氾"合作"港"。一则字谜,犹如一出构思缜密而悲壮的历史剧。如此"一字千金"——谁还能说字谜"难登大雅之堂"?

新月挂桅舟自横(6画字)迁

甘当牛/赏析

制字谜,纯用一种手法者并不鲜见,然纯用象形而扣出谜底者,却并不多见,能称得上佳谜的,则更为少见。此谜纯用象形之法扣出谜底,手法独特而新颖,象形生动而逼真,拆解出奇而合理,扣合精当而工稳,实在难得,让人佩服。

请看扣合:"新月",乃用谜界约定俗成的象形法,扣得一"丿"。"挂桅",会意为竖着的桅杆上,横挂着风帆,象形之。桅杆为竖,风帆为横,合则为"十",再与"丿"合,可得"千"字。"舟自横",意为一叶扁舟横放着,象形为"辶",与前面所得之"千"共组成"迁"。若不是仔细品味,个中情趣,又怎能体会得到呢?

一介书生字子安（7画字）牢

蔡秋湖/赏析

字谜创作贵在精炼、明白、机巧。由于字谜之底只是单薄的一个字，因此对谜面的创作要求就更高。武骝先生的谜作同样具有这些特点。此谜谜面为介绍语，"一介书生"中的"介"，意思是"个"；"字"，则是根据人名中的字义另取的别名。谜面整句意思是："有个书生，他的另一名字叫'子安'。"句子语意明白精当，不蔓不枝。

从谜的角度看，谜面"一介书生"中，"介"字应看作词性活用，由原来的量词活用为动词，作"介入"用。"一介书生"则别解为，"一"一介入，便可"书"写成"生"字，因而扣出"牛"字来；"字子安"，应将"子安"这一名字拆开，"安"作动词使用，意为"安上、放入"，即可理解为："子"一"安上、放入"就是"字"字，这也就能扣出"宀"来。"宀"与"牛"这两个字素，即可组合成谜底。

此谜巧运机关,明增暗补;谜面虽平顺自然,然曲意宛转,字字入扣;运用叫出叫入法,字的部件离合化巧,让人直觉变幻多端。实在教人叹服,击节称妙!

"知我者,二三子"(7画字)吾

章健儿/赏析

题面句见稼轩词《贺新郎》。词中末句"知我者,二三子"典出孔子《论语·述而》:"二三子以我为隐乎?吾无隐乎尔!""二三子"本是孔子对众弟子的称呼,相当于"诸位"的意思,但从稼轩整首词的意境分析,当指"知稼轩忧国忧民之心的人"。

此谜措置,运重合法扣同一底字。前半句"知我者"与"吾"相扣,当属同意置换。后半句则取"二三"之和"五",即将"子"字泛指"人口"之义,再度以"五口"之会意扣出谜底。

前人曾论:"稼轩词龙腾虎掷,任古书中俚语、廋语,一经运用,便得风流。"今观此谜,融名家词句于奇巧情思,运法机带双敲而深入浅出。就艺术角度而言,虽载体不同,实理无二致。

三起三落不为己,清正务实领头行
(8画字)定

叶国泉/赏析

读罢面句,笔者脑海里立刻涌现出我国改革开放引路人邓小平的光辉形象。他在漫长曲折的政治生涯中,曾有过三次被打倒又三次复出的传奇经历。他一心为公,清正廉洁,坚持实践是检验真理的唯一标准。

我们评论一则字谜,应根据面底的实际情况,实事求是地研究有关的字形结构,对各种制谜手法进行条分缕析,指出优在哪里,妙在何方,从而使不懂谜的人也能茅塞顿开,恍然大悟。下面就本谜进行具体分析。

谜面前句应顿读成"三起三落/不为己","三起"之"三"落下而余"起";"不为己"则暗示"起"中之"己"不存在而剩"走"。后句则需读作"清正/务实领/头行",先用符号借代法将"正"转化成"十",再从前句扣出的"走"字中清除"十",便余下"龰"。"务实领头行"当别解成:只要"实"字之领先部分"宀",而将下面的"头"去掉。最后拼装"宀""龰",底"定"遂成。

本谜综合使用了谜面抵消法、减损法、符号借代法,可谓机关重重,疑云密布。然而,手法虽多,但都交代得清清楚楚,明明白白,毫无牵强附会之处。明眼人只要仔细探索,总会找到突破口,从而一路过关斩将,直捣黄龙府。一则字谜,既能用两句话言简意赅地刻画出一位伟人的光辉形象,又能出神入化般地将多种制谜技巧融于其中,称该谜作者为"文字游戏魔术大师",恐亦当之无愧。

乃秋讯初临,声在树间(9画字)诱

邱茂文/赏析

这是一则以离合为主,辅以提音的字谜。自撰面句,整体意境化自宋代诗人欧阳修的名篇《秋声赋》,其中"声在树间"见于《秋声赋》:"予谓童子:'此何声也?汝出视之。'童子曰:'星月皎洁,明河在天,四无人声,声在树间。'"接着欧阳修自揭答案:"此秋声也。"这与题面前句"乃秋讯初临"意思基本吻合。谜面两句衔接自然,文义连贯,意境幽深,引人入胜。

成谜时面文另作顿读——乃/秋讯/初/临,声/在树间。"乃"直接用作组底部件,通过"临"(到)的提示,与"秋讯"二字初(前)部自然合成底字"诱"。至此,虽也成谜,但意犹未尽,作者当然不满足现状,于是继续深挖创新,一时脑洞大开、灵感闪现,进而独创出别具一格的间接提音新扣法。"诱"读音巧同"又",而"又"正好在

"树"间，如此标新立异，匪夷所思，着实博人眼球。也许是笔者孤陋寡闻，这是我迄今所见唯一的间接提音复扣谜例。

"一条谜作是否成功，不在其运用技巧有多少，难度有多大，而要看制作者与猜射者能否实现心理共鸣，让猜者得底后恍然大悟，拍案叫绝，可谓审美的最高境界。"（张家口杨宏声语）本谜乍看有点让人莫名其妙，细品则渐入佳境，回味无穷，令人叹服！

人生抱负点滴始（10画字）资

方炳良/赏析

我认为，这是一则运思灵巧、趣味盎然的字谜小筑。

一、巧趣。巧妙有趣，它源于汉字形体的巧变和面句抱词的巧衬。

（一）底字拆得巧。古往今来数以万计的字谜，绝大多数都采取"平拆"手法改造谜底，基本上是按照《说文解字》的字形天然拆字。如把"资"字上下分拆为

"次""贝",然后为之配面"无端盗贼起"(王文渊作)、"谢绝高赏恣意游"(武骝作)等。这种"平拆",通则通矣,稍嫌平直,直则乏趣。因此,作者另辟蹊径,运用"破拆"手法,重新分配字素,把底字"资"破拆为"冫""负""人",然后谋面"人生抱负点滴始"扣之。这样突破常规,别出心裁,巧拆底字,趣味油然而生。

(二)抱词衬得巧。"冫""负""人"只是组装底字的三个零件,若无螺丝钉衔接,断难筑成底字框架;"生""抱""始"三个抱衬词,正是如榫入卯的螺丝钉。"生"有"存在"义,示意"人"全字素入谜。"抱"训为"结合"(如《论衡·无形》"体气与形骸相抱"),示意"人""夂""贝"三位一体。一个"人"字,为"负"所"抱",形象生动,灵气四溢,趣味倍增。"始"释义"开头",示意"点滴"(冫)是底字(资)的起始笔画,整饬有序。三个抱衬词各司其职,巧夺天工。

二、理趣。理趣,即蕴含哲理而有趣

味，它源于制谜者理性的创作旨趣。

人生抱负，意谓人的一生要有远大的志向。"没有雄心壮志的人是创不出好成绩的"（乒乓球健将葛新爱语），但是，"雄心壮志需要步骤，一步步，踏踏实实地去实现，一步一个脚印，不让它有一步落空"（数学家华罗庚语）。由此可见，"人生抱负点滴始"蕴含着量变引起质变的哲理。从这个意义上说，"人生抱负点滴始"传递的是正能量，涵泳而玩索之，于性灵怀抱，胥有裨益。

斯谜独具意匠，催人奋发向上，面底扣合熨帖，妙趣横生。作者驾驭灯谜语言的艺术腕力，于此可见一斑。

巧改公文送出关（10画字）逡

赵首成/赏析

谜人作谜，常备多法于心，玩至烂熟者，若成竹在胸，见一题材，或得一启示，便有相应之法自出于心中，或取会意，或取离合，或取析字，或取象形，或取谐音，或错综诸法兼而有之……，总之必以促其成谜而后快。如遇题材一时无法成谜或成谜亦不甚佳者，则多数即行抛弃，非为必成之特殊命题者便不作多想。今观此"逡"，结构较为复杂，诸法多不易用，唯独离合之技可能较为便捷易行。思路至此，心中之法出，此为作谜的第一步，但还只停留在初次的直观印象和简单判断这一层次上。当然，这也是具备了创作的动机和施法的根本。第二步，是审视谜材之音形义，看当从何处可作会意、可作离合、可作析字、可作象形……。一般入手，若视此"逡"字，多摇头二叹："此不可造之材也！"随即舍弃，而不会再做"死马当活马医"之事。倘遇有坚忍苦志、锲而不舍者，则又不同，斯时必闭目沉思，对谜材作多方分解组合，务必成全其美。忽然间悟性大开，张目视时，竟发现于不可分处又有可分之窍点，于是将"夋"部中间之"八"部调升至最高处，便现出了"公、夂"两部分。此时，还余下"辶"这个部首，倘作动词"走""行"等会意，却与"公、攵"两部不易连缀成词意通顺之语,而且又比较浅显无趣。至此处遇着个难题,几至于前功尽弃。怎么办?还可以闭目沉思……。当第二次张目审视之时,心中已是疑云散尽矣:诸法不行,难以就地取材,可否另行增减取舍?于是便出现个"送"字在思路中:"送公文"?("文"取其形近于"攵")却多出个"送"字中的"关"字……。至此,思路必灵光闪现,更为清晰明透!"公文送出关"!余下事体已不繁杂了,只须妙用"巧改"二字,一调形体部位,二使"文"——"攵"的形近问题得以解决,经此"巧改",真可谓一石二鸟,即使是面对挑剔的内行也必能说得过去。好,为了不至于存有可能令人疏忽的隐患,那么不妨再瞪大眼睛通盘检视一遍,是否有不合理的意、义、形、部?"巧改公文送出关"——"逡"。"送"字剔出"关"部,合理合法,文辞通顺,恰余"辶"部,又加之"巧改公文",排除了"文——攵"的形近问题,再将"辶""夋"两部合缀起来,上下左右都已打点停当,竟无一处有故障!那就可以宣布了:这则谜已经创作成功,而且还很不错。此时还可再总结一番经验,自我鼓舞一下:"巧改"改得巧,"送出"送得妙,二者均为难得之构思,当然也确实来之不易。

自古道:"巧妇难为无米之炊。"而作为谜艺来说,却常常是有"米"(谜材)而难为其"炊"(成谜),把生米煮成熟饭时常是相当地不易。本文尝试用身体力行去揣摹体验谜作者当初可能有过的各种思路之方法来进行条分缕析详细解说,其目的不仅仅是增添文章的趣味性,更主要的是通过这种方法试图勾引读者的"参与意识",共同走一段创造灯谜之路,并体察作谜之难,品味作谜之苦,分享成功之乐。倘能真的收到以上所说的这些效益,那么本文的写作也就算是达到了预期目标。

西服一穿有朝气(11画字)乾

杨耀学/赏析

面意自然而有生活基础,情趣盎然。俗话说:"人靠衣装马靠鞍。""人靠衣裳,佛靠金装。"外在包装事关形象,马虎不得。西服又称洋装,西装革履是有教养、有朝气、有绅士风度的表现。

入谜却舍意取形,在笔画上运思设局。"西服""一"皆为部件,根据"左西右东"规则,西"服"取"月"。谜意是,"月"(西服)"一"穿进底字,即有"朝气"出现。这个"穿"字很精彩,它的谜意是插入、穿透。底"乾"字变"朝气","月"是插入"乾"字左右两部之间的,"一"是穿入右半部"乞"的上下之间的。在谜中,原来的表意都不存在,只考究字形。二层表意顺着字形变动而展开,清晰通畅。谜人的手段使人心悦诚服。

"乾"原来有"乾净、乾湿"之意,是

多音字("gān""qián")。汉字简化时,读"gān"的部分并入"干"("干"原来就有,如天干),读qián的部分没有简化,保留原形(如乾坤、乾隆),这就使"乾"字成为单音字,使用频率也大大降低。此点不可不识。

四风之中奢为先(11画字)爽

顾 斌/赏析

四风是形式主义、官僚主义、享乐主义和奢靡之风的合称,是当前群众深恶痛绝、反映最强烈的问题,也是损害党群干群关系的重要根源。谜面意为在四风之中奢靡之风排在前,因为奢靡之风会导致铺张浪费,甚至以权谋私,腐化堕落。

作者从四风中看出玄机,"四风之中"即四个"×","奢为先"取"大",组合一起来正好是个"爽"字。本谜看似简单,但作谜时体现了一个巧字。四风之中只有奢靡之风可以简化成一个"奢"字,别的都无法简化。而"四风"与"奢"字的结合更为巧妙，一看此谜就感觉很爽，套用一句流行词叫"倍儿爽"。谜库里也有许多"爽"字谜，大多是"一错再错"之类，思路雷同。而该谜却"出新意于法度之中，寄妙理于豪放之外"，紧扣主题，反对奢靡之风，提倡廉洁自律，寓教于乐，诚为佳谜也。

先绘三角形，再画正方形（11画字）缁

丁　羿/赏析

诗情画意的谜面，固然让人赏心悦目，平直如话的面句也未必不让人刮目，所有手段都服务于目的——谜趣，该谜显然属于后者。读此谜似让我辈又回到了学生时代的课堂，专心聆听着数学老师的指令。面文似乎近于平淡，然而，正是这种"平淡"却藏足了浓浓的谜趣。

"先绘"，选取"绘"字先写部位"纟"。"三角形"原为几何名词，但作者暗藏玄机，让它变成了数量词，三个"角"——

"巛"跃然而出。"正方形"也是几何名词，但千万别上当，作者偷换了概念，将"正"变成了符号"+"，再加上"方"（口），"田"牢牢锁定。最后"纟""巛""田"三部合一，底字"缁"便在层层机关下带着黑色幽默走近读者，真是有滋有味，妙趣横生！

云端错落生山杏（12画字）嵦

董书祥/赏析

在山出霄汉、云蒸霞蔚的峻岭之巅，丛丛山杏，翠影红香，蓓蕾初绽，春山更艳。

谜面化用唐人高蟾"天上碧桃和露种，日边红杏倚云栽"诗句。谜以"山杏"为主体，"云"端两横布局其中。"错落"轻轻一带，便将"二"字托出，且将其交错落入"杏"中的态势作了明确交代。语似极轻，谜意极浓。

谜中"山杏"两字稍见显露，然先有"云端"等字的铺陈，继有构底参差错落的掩护，不唯得体，更使作品隐显适当，不流于一味晦涩。作品饱满劲秀,洗练缜密,恰似红杏出墙,一枝独秀。

多少相思旧梦中(12画字)壹

佚　名/赏析

相思是一杯苦酒,相思已成旧梦,正如歌中所唱:"黑漆漆的孤枕边(梦)是你的温柔,醒来时的清晨里是我的哀愁。"品读此谜,或许会勾起许多伤心往事,然而作者蓄意并不在此。

谜以会意为主,共分三层,层层翻出新意。第一层为"多少"。面上"多少"作为设问句不需回答,只是聊发感慨而已。谜中则将"多"会意为运算符号"+",以"少"解成"-"。词典中未必能找出这个义项,可并不难理解:"多"必然是增加了什么,"少"则是减少了。第二层是"相思"扣"豆",当起源于唐·王维《相思》诗:"红豆生南国,春来发几枝。愿君多采撷,此物最相思。"第三层乃"旧梦",远离了表层的梦境,实指

"梦"的繁体字"夢"。"旧梦中"坐实只取其中间部分的"冖"。此作会意入情入理,就连最不易见特色的指示也翻出动态,笔意曲折跌宕。"中"字似可一语双关,既指明"旧梦"之中,又提醒置于"壹"字当中。

二丫撇下弟弟,村头摆起家家(12画字)粥

徐卫锋/赏析

谜面短短十二字,刻画出了一幅非常真实生动的顽童嬉戏图。没有华丽的词藻,没有刻意的雕琢,扑面而来的是一片浓郁的乡土气息,一派和谐。此情此景,令人向往。

再说扣合,把"弟"中"丫""丿"去掉便是"弓";"村"头为"木",加上"家家"二字起笔两个点则成"米"。两"弓"加一"米",组底即得"粥"。离合清晰,毫无拖泥带水之感。

综观此谜,谜面活泼生动,煞是可爱,拆拼巧妙,水到渠成,读来令人回味无穷,诚属字谜上佳者。

此招一出手,高低显然见(13画字)照

缪建金/赏析

技艺的较量,往往是高招、绝招的使出,便可分出高低。这个"高招、绝招",本指武术招数,但往往被引用为高超绝妙的技艺。当然这个高超绝妙的技艺是靠日常刻苦磨练而来,非一朝一夕而成。打下了结实的基础,在较量和竞赛中,关键时候便能显出身手,从而克敌制胜,"此招一出手,高低显然见",正是描写了高手过招、分出高低的情形。

题面上所写到招数的高低,其实是谜作者使出的障眼之术,真正的用意在于以增损离合法来成谜。"招"字出了"手"字,自然是"召"字;"显然"二字的高低两处分别是"日"和"灬"。三个字素经过一番组合,谜底"照"字就昭然若揭了。诚如谜作者在谜面上所言,真正驾驭谜材的高招技艺由此可见一斑。

呼之食，唤之乘，欲见青天却遮颜
（14画字）䩂

王幼堂/赏析

谜面似旧时富家女子自诉，一声呼唤，便有仆从相应，要食得食，要乘得乘，唯深闺之中难见天日，出入车轿，亦须以帘遮颜。

是谜将底分读四次应面，且各有不同。底字拆开分读为"面包"，首先因其为食品名，故"呼之食"。再者因其为汽车种类俗称，故"唤之乘"。其三，宋代包拯，人称"包青天"，故以"面包"回应"见青天"。其前"欲"义作"将要"，以区分前者。其四，"却遮颜"之"却"暗示为"面包"调序作"包面"，以便紧切"遮颜"。底字拆分会意很简单，作者通过四重扣合，婉转曲折地将"䩂"塑造得有声有色，丰富多彩。

廿载方续月下情（14画字）懂

蔡经湘/赏析

面句令我们想象一对情深意重的恋人，曾经在花前月下，山盟海誓，互许终身，后因世道变故，一对情人天各一方，音信断绝；或因父母极力反对阻挠，被迫分离；或因遭人恶意陷害，产生误会而疏远……但经受漫长时间的考验，饱经艰辛挫折的磨练，忍受凄风苦雨的洗礼，最终云开雾散，两人重拾旧情，方续前缘，实现月下相誓的夙愿，"有情人终成眷属"。

成谜时"廿"字明取，"载"本指岁月，谜中别解作"载入"；"方"原意为"方才"，入谜需曲解为方形"口"；"续"作抱合词；"月下情"原指一对情人在月下誓约之情，谜义诠释为"月"从"情"里卸下，再与"廿、口"经过巧妙移位而交织成"懂"。反复赏读斯谜，深羡谜作者灵思巧想、别解有道、剪裁得体、炉火纯青的高超谜艺。

湘女泪落竹斑斑（15画字）篓

吴融杭/赏析

明代王象晋《群芳谱·竹谱一》载："斑竹，即吴地称湘妃竹者，其斑如泪痕。世传二妃将沉湘水，望苍梧而泣，洒泪成斑。"这是一个凄美的爱情传说。舜死后，他的两个妃子，娥皇和女英伤心泪下，染竹成斑。实际是大自然之杰作，紫黑色的斑点是自然生长而形成。

典故分多种。题面所用即所谓的"文学典"，也就是这种富含感情色彩的人文传说。

本谜面取"斑竹一枝千滴泪"之意，融典于七言。"湘"将"泪"落去则余"木"；"女""竹"二者直接引入底材；"斑斑"即"点点"，以笔画融进"木"中。以上几部连缀而成底字"篓"。

斯谜运作似不费吹灰之力，用语平和，纯朴自然，然工艺精微，绝非一蹴而就，这与作者之学养有关。古人有云："句向夜深得，心从天外归。"制谜做到不失题不难，而要做到不窘于题则颇为不易。学谜更是不可只求形似，妙在跳出谜外，取意为先，以措辞为役，此谜可资教益。

全须人参、茅根、商陆、一扫光
（多笔画字）璃

申立峰/赏析

面句十一字，全是四味中草药名，此非中医开的处方，也不是为药材铺做广告，而是为一个字配制的谜面，真是别开生面。

以药名作谜底的灯谜，常有所见，但以药名为谜面者却不多见，而以多种药名、不同手法来制作的文虎，更是罕见。

第一味药：全须人参。利用"须"字的一字多义"胡须、必须"，"参"字的一字多音"参茸、参加"，再运用"增补法"解作："王"欲成为"全"，须将"人"参与进去。

第二味药：茅根。取的是"方位法"。"茅"字之根，"矛"也。

第三味药：商陆。采用的是"同义置换法"。"商"字的上半部"六"和后面的"陆"字，在数字上是大小写之分，含义却完全相同。作者又用了"顿读法"："商陆"分读为"商/陆"。

最后一味：一扫光。用的是"减损法"。将第三味中药的"陆"连在一起，成为"陆一扫光"。于是"商"字留下来的只有下半部分。至此，底字"璚"（读 qióng，古同"琼"，赤色的玉）才和盘托出。

此谜形式独特，手法诡谲，高深莫测，可奉为谜中圭臬。

为政不为民，民弃速罢之（多笔画字）整

陈雪江/赏析

当前，全国上下反腐败力度不断加大，让每一位领导、干部明白，为官者当牢固树立正确的人生观、世界观和权力观，加强廉洁自律意识，依法办事、秉公用权，时刻谨记自己的责任，才能真正做到情为民所系、

权为民所用、利为民所谋。只有为民着想，为民谋利，才能为官有为、为官有道，才能得到人民的拥护。纵观众多落马官员，他们一个个趋炎附势，结党营私，千方百计贪污腐败，一门心思放在所谓的政绩工程上，这些官员"为政不为民"，最终人民群众都给了他们最公正的评判——"民弃速罢之"。

谜面采用简短的两句话，告诫领导、干部当"为政为民"，否则"民当弃之"。作者采用灯谜中惯用的抵消、离合等手法扣合谜底。"为政不为"自行抵消"为"而剩下"政"；"民弃"又将上句中的"民"字抵消；"速罢之"扣"束"。最后将"政""束"两字重新调整组合，即得底字"整"。"整"有"整改、整治"之意，对于那些"为政不为民"的领导、干部，我党必会加大力度进行"整治"。谜面对领导、干部的劝诫与谜底的"整治"之意遥相呼应，加之离合手法简洁巧妙，面无闲字，不愧为一则廉政好谜！

不负皇诏令,征东口衔枚(多笔画字)整

顾为善/赏析

历史上有多次东征:周公辅成王,东征平管、蔡;薛仁贵跨海东征高丽;郭子仪东征,平安史之乱,这些都是成功的例子。也有失败了的,苻坚出兵攻东晋,落得个风声鹤唳,草木皆兵,几乎全军覆没。这里无须考证哪朝哪役,哪君哪将,总是有那么一位将领,奉君王之命向东进军罢了。而这位带兵的统帅,看来也是善于用兵的。不是吗?他命令部属,衔枚疾走,要出其不意地突袭呢。成功与否,没有交代,从"不负"看来,当是表示赞许和肯定的。何况,胜负本身就是一对反义词。

谜面两句,虽是一气呵成,实为分别扣合。不负的"负"别解为正负的"负",不负用反扣得出正。皇诏令义为敕,敕是自上命下之词,自南北朝以下,特指皇帝的诏令,这是一扣。东征,"征"的东部,扣出

"正";口衔枚,把一个独体字融入合体字中形成另一个合体字,"衔"这个抱合词用得恰到好处。"口"衔住"枚",非"敕"而何?这是再扣。再度扣合,析字并不复杂,但扣合方式多变化,使人如入山阴道上,目不暇接。文似看山不喜平,谜又何尝不是如此呢?

教育后辈当尽孝(多笔画字)辙

杨耀学/赏析

谜面立意积极健康,符合社会主义核心价值观。孝道是关于关爱父母长辈、尊老敬老养老的文化传统,是中国社会从古至今的基本道德规范。中国虽有儒、道、佛等多种思想流派,在"孝"上则没有分歧,是所有人认同的品德元素。尽孝,就是尽一切能力去践行孝道。教育后辈尽孝道,是家长、学校、社会的共同责任。

本谜在扣底时,先合再离,逐步析出底字。"教""育""后辈"("辈"后半部为

"车"),三部相合而后去掉"教"字前半部"孝",即得到"攵""育""车",这三者组合而成"辙"。"尽"在谜中的意思是"完了",用作减损字。"当"解为"合适",可以虚化。"当""尽"通过别解,安顿得当,谜便成立。

此谜给人的另一点启示是:"教"字中本来就含有"孝","孝"是"教"的重要内容,"教"就是教人行"孝"。古人造字含义深刻,我们应当细心体会。

道折绝壁上,莲叠三界中(多笔画字)疆

莫志刚/赏析

近年来,各类谜赛中很少有主办方出题字谜猜射、为字谜谋皮,参与者也很少自荐字谜参评。第二届中华灯谜文化节华山国际谜会期间,武骝先生精心构思、大胆出招,以一则字谜赢得评委肯定,跻身佳谜行列。面句自撰,却情景交融、形神俱备,不愧为"佳"!

夫"疆"字,左右结构,"弓"字形似"道折",道路之曲折;"绝壁上"即离损"壁"之上部,余下一"土",与"弓"合成"疆"字左半边。所谓"道折绝壁上",谋意绝非单纯考虑结构而已,且高度概括了华山的特点,即为"天险"。曾有云"华山自古一条路",它由栈道、石桥、石梯、铁索组成,依附绝壁之上,盘桓曲折,险象环生,使人胆寒。殊不知华山之美,就在于险。唯独其险,方具刺激,令人人遐想。其字右半边,则由"三"和两个"田"字构成,个中亦蕴有佳处。华山西峰为一块完整巨石,浑然天成。西北绝崖千丈,似刀削锯截,其陡峭巍峨、阳刚挺拔之势是山形之代表。古人常把华山叫莲花山,其峰顶翠云宫前有巨石状如莲花。徐霞客《游太华山日记》中记载:"峰上石耸起,有石片覆其上,如荷花。"李白诗中有"石作莲花云作台"句,也当指此石。可见此石犹如田田荷叶簇拥莲峰,妙造自然。武骝先生借用吴融《东归望华山》中"碧莲重叠在青冥"句意,以

"莲叠"二字入谜,扣以两个"田"字。"田"字形若花瓣四绽之莲,上下处之,非"莲叠"而何?此谜最妙之处在于"三界中",用"三"字将两个"田"字既分界上下,又包容其中,而其中间一横更犹如袁宏道《华山永》中记述的"石叶上覆而横裂"中之横裂。如此融景于谜,匠心独运,可谓妙手点睛。

斯作深意非仅此而已。佛家称莲花,是圣洁、清净,是佛国净土的象征,亦是智慧的象征。"三界"者,指众生所居之欲界、色界、无色界。此乃迷妄之有情,在生灭变化中流转,依其境界分三个层次,因三界迷苦如大海之无边际,故又称苦界、苦海。按照佛教的说法:三界的众生,以淫欲而托生;净土的圣人,以莲花而化身,并能以世人所熟悉的形象示现。莲生在污泥之中,犹如人生在浊尘的世界,"出淤泥而不染",开出洁美的鲜花,确是最好的象征。《从四十二章经》说:"我为沙门,处于浊世,当如莲花,不为污染。"人间烦恼多于恒河沙数,迷失自我如同陈淤积垢。有志者应该努力修行，修持守戒，净化自我，不受污染，开发佛性，消除魔性，追求到达清净无碍的境界。"道折绝壁上，莲叠三界中"意谓人修佛法，乃需心无旁骛，坚定不移，如于绝壁行道，虽百折而不回，千险而不惧，万难而不悔，具大无畏心方能于此三界之中得证莲花妙果，得见莲花净土。

　　斯作犹如丹青一幅，尽显华山奇险绝美之景，更似佛偈半句，诉世间超凡脱俗之道。观谜至此，心旷神怡，飘飘欲仙，吾等赞一个！

后 记

2018年6月"海丝杯"第五届中华灯谜文化节期间,《百家字谜》系列丛书第一辑编委座谈会在石狮召开,我作为第一批入选作者参加了这次会议,感到非常荣幸。

应该说,汉字是中国文化之根本,字谜是灯谜生存发展之源头。中国汉字的魔方结构和塑变功能,为谜人提供了大显身手、驰骋才艺的广阔天地。历代谜人为之呕心沥血,创作出许多脍炙人口的字谜佳作,也为后世谜人留下无数机巧别具的扣合技法,无论从普及意义和学术意义的角度看,字谜都应成为谜界关注、创制、整理、研究的重要内容。近年来,受谜圈气候的影响,不少谜人热衷于运用字谜的增损离合手法为多字底撰面,在创作趋向上追异求难,造成单字谜创作数量减少,似乎有些被冷落的倾向。于此,长安文虎社领导独具慧眼,勇于担当,登高举帜,组织当代名家精品收括一丛,正当其时。这对于谜界来说，意义非凡。

作为个人字谜集，必须通过作品表现出有别于他人的创作个性、风格技法和思想追求。在遴选取舍谜作时，还需兼顾教益性、受众面、适用性等诸多因素。我以为，除了面句必须通畅顺达和扣合注重机趣外，还要追求谜之有物、谜之有理及谜蕴"温度"。温度，简言之，"情感"也。我曾在短文《我最得意的两条灯谜》中提及两则早年习作：一则为"终生念伊减姿容"扣"一"字，另一则为"一言诀别人当去，敢将此头作倒悬"猜"互"字。前者为爱"人"，具婉约意；后者为爱"国"，具豪放情。尽管这种将文学性、技巧性和谜人的爱憎情感较为完美结合的作品在自选300则中为数不多，但却是我灯谜创作道路上不懈追求的目标。

从谜35年来，我先后创作字谜4000则左右，但要从中挑选300则合乎要求且称心如意的作品真的很难。前前后后数易其稿，仍难免留有懈笔。从灯谜普及的角度出发，几经考虑，一些谜艺感强但普及度弱的谜作最终没有选入。为便于谜圈外读者阅读理解，绝大多数谜作都作了简要注析。300则字谜在反复权衡中最终定稿，优劣留待读者诸君评说，衷心期待能够听到有裨益的批评意见，以利今后提高。

在选编过程中，谜作注析和书稿校对得到谜友邱茂文君的无私帮助和全力支持，在此表示衷心感谢。

武　骝

2018年秋日于隐墨斋